LIVING

直探宇宙隱藏的跳動

承受如夢召喚的牽引

走過遠方驚喜的記憶

迎向生命更深的信息

浮沉展眉

陳依文散文集

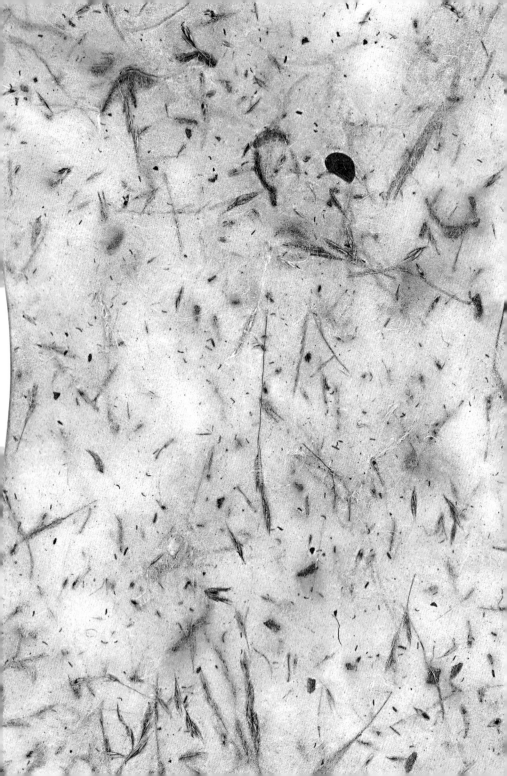

——謹以此書，
紀念過去充滿茶香的兩年

目次

輯二　展眉茶譜

輯三　煙淡雨初晴

序

序：「浮沉之象．展眉之情」

何寄澎

我不諳茶，但甚喜讀古人敘茶之作，如白居易〈睡後茶興憶楊同州〉詩：

白瓷甌甚潔，紅爐炭方熾。沫下麴塵香，花浮魚眼沸。
盛來有佳色，嚥罷餘香氣。不見楊慕巢，誰人知此味？

煮茶的溫暖、品茶的美感、知友的思念，織成一幀歲月靜好的畫面，真令人心嚮往之。又如歐陽修〈雙井茶〉詩：

西江水清江石老，石上生茶如鳳爪。
窮臘不寒春氣早，雙井芽生先百草。
白毛囊以紅碧紗，十斤茶養一兩芽。
長安富貴五侯家，一啜猶須三日誇。

不僅須聚天地節氣之精華，抑且費盡農工人事之心力，所謂佳茗，固珍稀寶貴，何可易得！無怪歐陽修續云：

寶雲日注非不精，爭新棄舊世人情。
豈知君子有常德，至寶不隨時變易。
君不見建溪龍鳳團，不改舊時香味色。

茶竟成了君子德性的喻託！深處紛擾紅塵，時時燈下覽讀這些作品，除雅靜優美之趣外，自亦使人焠潔挹芳，於進退行止既矜然有節，亦泰然有度，茶固不僅是茶，實君子之芳、淑女之美也。

女弟依文，秀外慧中，才華橫溢，鍾愛以文字刻畫其情其思、所觀所悟，兼具纖柔清麗之美與開朗明亮之調，特富與眾不同之輕古典女性氣質。其本發之於詩，而早爲識者所賞。近年半隱於家中，所行所爲悉隨性自主，歲月靜好之餘，竟與茶結了不解之緣，乃有此書之作。

如果說依文的詩如娉婷婉約的少女，本書諸文則如出水之荷，映沐於陽光雨露中，多一分晚鐘的幽韻、一分嫣然的雅姿，清新空靈，使人自生塵外之想而入禪悟之境。我特別喜歡此書的命名：「浮沉展眉」——這一方面是對茶浸水中漸漸甦醒的神采最貼切、優美的描繪，一方面正是對悠悠流轉的人生最真實的形容，而更是對歷盡悲喜卻恆懷欣心的達者最真誠的禮讚。撫閱本書，依文之進境鮮然可見——這包括文字的藝術、生命的體會，執著的意義、追尋的真諦、世情的奧秘等等，迦葉見拈花而微笑，遂得真傳；依文亦在茶的生命裏找到她掌握自己生命的門徑，則此小文既以之爲序，亦所以爲賀也。

唯有飲者最有情

——浮沉展眉序

馬克明

茶與酒，文人的兩種血統。「酒」在甲骨文中已見記載，「茶」則不然，可知自初民以降，有識者向來不吝展現對酣醉的熱忱與執迷，擁戴酒所象徵的恍惚狂喜。直到百家爭鳴，以儒爲尊的哲學體系終告塵埃落定之後，社會才逐漸出現緩心悠步的餘裕，解識茶的纏綿蘊藉。

緣是，以中庸理性爲沃壤的茶文化，難免予人正襟危坐、嚴肅以待的拘謹印象。我本狂狷，與茶先天失和，人生中幾次與茶有關的體驗，又在在坐實了概念中對茶藝的狹隘想像——難以言喻的坐立不安、間雜幾許無所錯手足的難爲情。約莫兩年前，依文與我分享她與茶的奇緣際會，邀我南下品茗，我聽得心動神馳，卻始終未敢成行，此其所以也。

直到拜讀完《浮沉展眉》，這才領悟，原來我的不自在，是因爲未曾真正與茶活生生相遇過。在依文筆傾煙雲的點評記敘之下，茶的真身，竟是如此旖旎浪漫，有風骨有血性。彷彿一位位美人高士，自有曲折心事，別具風流稟賦。或艷異馨香，或零落成空，茶即有情眾生，茶即娑婆宇宙，以小品文寫大格局，這是一本寫茶的警幻情榜。

依文是一位「飲者」。此間所謂飲者，並非李白詩中的酒徒，而是一種特別的人，他們飲愛止渴，用情至深。因爲憂心所愛者沒有可供他人辨識其存在的座標軸，於是創作。趙明誠與李清照編《金石錄》，張岱作《陶庵夢憶》，曹雪芹寫《紅樓夢》，皆爲此。他們都是飲者，傾訴著同一份情衷，都想爲永存心上的人事物，留下曾經造訪過這世間的見證。

我與依文相識十多年，有幸氣誼相投，她的詩文玲瓏剔透，有目共睹，毋須贅筆多言。她的性靈清明淡泊，有脫俗出世的柔和，卻又屬我輩情鍾，擁有入而不出，往而不返的果敢與勇氣。最教我珍惜的，是她質地裡原已渾然天成，又莫失莫忘地實踐於生活中，謹慎持守的率真恬適，這使得她看待世界的方式，似水無心，如實鑑照萬物，不招搖，不誇巧，令人願意看見她所看見的風景，相信她所相信的世界。

鄭板橋愛蘭，以盆種之，結果「三春告暮，皆有憔悴思歸之色」。遂移諸山石之間，來年果然熠爍挺拔如昔。板橋心有所感，因作詩云：「不如留與伴煙霞」。山中之蘭，凌霜傲雪，心地襟懷原非泥盆能夠拘限，唯有適情適性，才是對蘭花真正的呵護。在我眼中，依文正若此花，願天下有緣與她相逢者，都能成爲懂花的知心人。

是爲序。

乙未年丁亥月

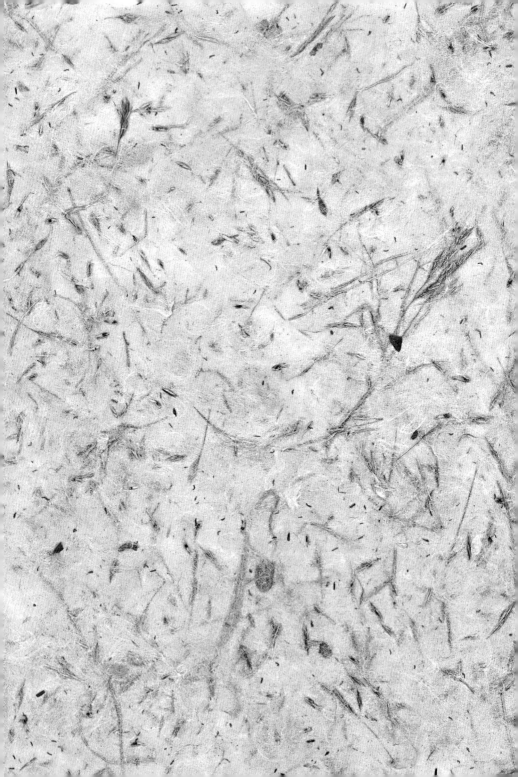

輯一

人居草木間

浮沉展眉

你可曾細細觀察，看茶葉在水中慢慢張開，從扭結緊縮的條索或球粒，漸次舒展、伸勻的樣子？

像一個夢伸著懶腰，從漫長的沉眠、小小的死亡中甦醒復生。

我喜歡看茶葉「活轉」。從以前不懂茶時就喜歡。研究所時做報告、趕論文，習慣拿一只塑膠保溫杯，丟一把茶葉進去，到走廊盡頭的飲水機裝滿熱水，回桌前坐下，關掉電腦螢幕，沉浸在檯燈黃暖清澄的光線裡，看杯裡的葉群緩緩舒展，昇舞，浮轉慢流。

乾燥的葉粒慢慢甦醒，像是還魂，或者再春，有種季節流轉的感覺。滿注的水慢慢地綠了，碧色生香。我喜歡看堆得層疊的茶葉，在透明杯裡伸展開散、慢慢沉降，望得出神，像一堆沼澤裡的落葉，擁擠地，蜷曲地，濃郁地，濕濕鬱鬱、大片大片的褐綠茶葉──那被佔據了的空間，有種熱帶的，雨林的風情。

一杯氣味甘濃的茶葉沼澤。

……這般喝法，當然是不及格的，可是多少個思緒耗竭的夜晚，我的心，就在一片茶葉的沼澤中平撫、沉靜。

像是心，或是記憶，被杯裡重疊聚落的葉海吸入，具體地一點點釋放進去。

幾年後，回嘉義，因緣際會接觸到茶室，跟隨林抒音老師喝茶，適當的置茶量、合宜的器具，才約略曉得泡茶的一二基礎；而無事忙時的隨手茶，也從學生時代大賣場塑膠耐熱杯的傖傖，升格成一只窯燒陶碗的穩厚溫實。

老師愛喝美人茶。尋一隻瓷或陶碗，美人碗泡，就有兩種方式：先注水再放茶葉，漫手撒下，茶葉飄粘在水面，片片浮瓣，紅香微發，譬如「天女散花」；先置茶葉而後沖水，熱水激盪沖旋，觀茶在水中載浮載沉、上下迴溯，如蝴蝶皤然驚飛，葉開裙散，急升徐落，則作「美人旋舞」。碗泡雖不如壺泡謹慎，三兩好友來時不上茶席，只管以茶伺話、充作解渴，則人手一碗，淡茶揚香，亦有好處，各成趣味。

隨著茶葉一朵朵旋展、沉落，紅褐黛青，葉開葉斂，從我的隨手杯高山茶，到她的陶碗美人舞，看多了人間故事、泡透了尖芽好葉，漸漸，由市街的茶室一隅，喝熟了「展眉」的想法與概念。

茶葉泡開時，次序先浮後沉，葉片在水中展開，一邊釋放茶質、滲出色香，一邊漸漸吸飽水分，茶葉本身滋味漸減而密度增加，最後沉落杯底、壺底——葉形如眉，水中舒展，這必經的一趟過程，可不是「展眉」二字？

而「展眉」，就是「開心」。

「開心」二字，看來容易，做來多難啊。人活著，實在有百般妥協，千般忍耐。生活中多少無法稱心如意、衷心喜悅的事：廳堂廚房，國事家事，交游待遇，食衣住行……摩擦、違逆、不順遂，從大環境到小細節，不和諧的關係、不滿意的自我、不期望的未來、不值得的回憶。眾人微物，舊愁新恨，總有那些薄薄染上，擱置旁堆的積塵，在日常，在口角，在意識，在心靈，縱使勤加拂拭，何能永保光潔，不染塵埃？更有數不盡的怨憎會、愛別離、求不得……莫怪道：世事相違每如此，好懷百歲幾回開？

我們不過凡夫俗子，活在充滿煩惱的人間，渴望能身如菩提，清明不失，卻總有罣礙，多成眷戀。爲了某些無法捨棄的人、事，一身牽絆，刻骨鑲鏤，心不解，意難平，卻還要在愛憎裡匍匐前進，希望隱微，焰裡動搖，黑夜裡彼岸茫茫，映著過去、將來，每一個願望都背負著沉沉重量。

「美人捲珠簾，深坐顰蛾眉。但見淚痕濕，不知心恨誰？」曾見她坐茶室中，爲誰寂然感慨：人間情感，爲什麼就這麼苦，要這麼多深鎖的眉頭，濕冷的淚。

如果能展顏而笑，該有多好？如果緊縮難解的心事，能慢慢舒緩、張開，釋放撫順；如果，歷經浮沉、冷暖，終能在亂糟糟的世界裡，將自己修練成一杯澄靜深韻的好茶。

一壺葉沖在水裡，也就似人生歷練的過程。

願生時麗似夏花
死時美如秋葉

茶葉先浮後沉，亦如人生先繁榮而後平淡，先喧囂而後沉靜。心靈首先向外追尋，忙於建立自己和外界的關係，爲華美絢爛所迷，被沸騰動盪所惑，在萬象中旋繞浮轉、開綻展現，也在無數大大小小、折衝迴旋的人情物事中，試圖充分而盡力地釋出自我，如葉入水中先浮，翻搏上游，盡展色香；最後向內省求，修行起自己和心靈的關係，漸漸落實、慢慢沉澱，或有所得，若有所悟，最後篤實地認定了什麼，安穩沉著，似茶葉以各種姿勢慢飄緩降，在壺底平平伏下，甘心於生，無憾於死。

「展眉」的「開心」，是要在這麼一遭半闖半試、邊走邊學，由浮至沉的人生中，無論如何都能歡喜。就算哭著開始，也要笑到最後。

——這人生，我們無論如何終要展眉。

假如，能在一只茶碗裡照見此心，讓一份溫柔無邪的意念傳達、散揚出去：什麼樣的茶，能讓人開心？什麼樣的茶葉，能恰恰擔起「浮沉展眉」這一份微小堅定的祝福？

那一定要是最強健快樂的茶樹，鍾靈毓秀的土地，細膩深長的心思，乾淨適中的手法。要天寬地闊、風清水潤，不殺不予，道法自然——只有茶葉開心，土地高興，製茶的人、種茶的農家、茶樹周遭的生靈都開心，集天時、地利、人和，親手做成，才會是最純粹的振動與能量。

要有很多很多的愛，才能在散亂無常中堅定地聚攏起來，守一份心，撫一片葉，在百般浮沉裡穩穩展眉。

所以才有了這裡的茶，這裡的心思，這裡的故事。

真心愛茶、種茶，真心敬重土地、護惜生命的人一定懂得：

這是一份虔誠的祝禱。似林老師製茶沿有的慣例，在採製茶前，晨日將起，獨自面朝東方，恭恭謹謹磕三個頭，謝天，謝地，謝人，謝茶樹，感激冥冥中所有成就牽引的因緣；盼天地所賜的茶，各成曲調、自承妙性，令聞者歡喜，飲者展眉。

「浮沉展眉」，是此處爲書，爲茶，爲故事，乃至爲人生定的主調。願浮時盡情綻放，沉時不失本心；願一杯茶能集天地靈氣、人間情誼，多光明，多庇祐，多祝福而多迴護；願金香送暖，黛葉展眉，每一椿浮沉梗結的心事，終能在沸騰的擁抱中開釋寬解。

只取一尖採

每每，泡完一壺好茶，望著那些精緻優美、舒展如眉的葉底，我思想中時常出現這樣的畫面：在一片翠青青、綠油油的茶園，或者更理想而過於多情些，在山野岩隙，叢叢散放的野生茶樹間，動作靈巧熟練的採茶女，一手一手、一葉一葉，輕柔地攀下那些最新尖的頂芽。

茶要細緻，在原料上有一點不可不講究，就是摘採。

一般茶葉，若單以摘採時的生長形態來看，只採嫩芽的是「蓮心」，因新芽才剛抽出，尚未打開，外型細嫩緊結、青綠成條，如同蓮子剝開時包藏其中的蓮心；

稍晚一些，已經打開一片嫩葉、伴隨抽出的一個新芽的，嫩芽狀似一柄槍頭，嫩葉形似一面旗子，合稱「槍旗」，也叫「一槍一旗」；若是一根芽心帶著兩片嫩葉，則是坊間常聽到的「一心二葉」；再過去，則是頂芽不明顯，生長已愈成熟的對開葉。

綠茶中聲名遠播的龍井茶，在摘採上更講究時程。清明前採的「明前」爲珍品，穀雨前採的「雨前」爲上品，往後則「三春」、「四春」，茶葉漸老，品次越低，依採製前後、芽葉嫩度的不同，反應在成茶的品質和價位上，有細密嚴格的層層分級。

聽說，炒一斤特級的龍井，要用上五萬個芽尖，一斤上好的明前碧螺春，要用上六、七萬個芽點，頂級的毛尖、雪芽，亦不遑多讓。且不論後頭炒製的功夫，光採下這些細小的頂芽要花上多少人手、時間，集多少力氣才換來模樣整齊，清香撲鼻的一杯，想來就令人咋舌。

但不費功夫的茶，又怎麼端莊細緻得起來，怎麼內外兼美呢？

我從跟著家裡胡亂喝茶，到懵懵懂懂地被喚進茶室，混在旁邊一杯一杯地隨著林老師分茶喫，不敢說自己學到什麼，但從那一片片形如雀舌、尖巧肥美的芽葉中，體會最多的，是她對茶葉，對美，對品質和內涵毫不留情的檢視與堅持。那近乎是一種明察秋毫的雪亮嚴格。

茶則上細細撥散，眼皮子底下瞧過去：茶菁，茶乾，葉底，從泡開前到泡開後，是否完整無缺，形貌標準；是否光澤自披，葉帶「寶色」；是否採工細心，摘法講究，葉片離枝時是否曾受到正確對待……這是一款被珍視愛護、託付期待的茶嗎？包裝祛盡之後，葉形會說話，從乾燥與沉默，舒展與沸騰中，從淡香遠去的殘杯冷壺裡。

於是茶也能看相了，品香察韻以外，「茶相」是否清正貞吉，竟也就成爲師生在此掩門喫茶，閉起戶來胡說八道時，評頭論足的著意之處。

我看過她爲了一款形色絕佳、丰神俊逸的好茶喜上眉梢，樂不可支；也看過她從圓實的茶壺肚裡挑出連枝斷梗，對著一心四、五葉的葉底怒中帶嘆，鬱鬱寡歡。

爲博一笑，紙本上曾有多少刁鑽寵溺、常情難度的故事。周幽王爲使褒姒展顏，重聘求計，不惜烽火戲諸侯，最終葬送半壁江山。寶玉爲討晴雯歡心，「撕扇子做千金一笑」，認爲幾把扇子，值不了什麼；只要能教身邊人真心開懷，就是千金也買不來的福氣，物若能別有所用，引女子暢懷，也算是另類「愛惜」，不算糟蹋了。

褒姒冷酷、晴雯天真，而她，於茶之鑑選，則是志不可奪的標準極高。如今，若不加揀選，從市面上隨意買一份茶葉，茶室裡交她拆開，觀其外型，要令林老師衷心喜悅、怡然展眉，雖不必燃烽火、撕扇子，卻也是難上加難，百中無一。

最初只是覺得訝然。跟久了才知道，她不是苛刻挑剔，不是以貌取茶，而是真實湧起的憤怒心痛——生氣的，是茶樹不該受到倉促處理、將本求利的粗魯對待；傷心的，是往昔歲月裡，從種茶到採茶、製茶的過程中，許多美好，緩慢，寧靜，繁複，耐得住等待也對得起等待的傳統堅持，已在現代產業的全面演化中步步改、寸寸讓，在追求產量及產效的潮流下急速流失。

原來，在茶室裡，能夠令人展眉的茶是藝術品，不是農產品。

我慢慢開始理解：自少女時代開始，林老師跟隨祖師爺學習，從事茶到參茶，十幾年來嚴遵恪行，年輕時便走遍地理各大茶區，見識過風華盛世、嘗閱過多少正品好茶的她，看待今下種種，有多少感慨，多少荒蕪。

跟她採茶、做茶，更體會到另一番關於「剪裁」的意義。

那回上山，要做手作茶，我聽著林老師的叮囑，師生倆就真的依照貢茶標準，專心仔細，到岩坡上，進了半側土崩的野放茶園，穿梭在高低錯落的樹叢間，只望準頂尖，一芽一葉、一槍一旗地採，就算再怎麼忙碌、趕緊，手上捻著，眼下盯著，心底牢牢計較著，一片老葉都未曾多摘。悶熱日氣裡，兩個人採去一白天，一簍子的芽頭嫩葉倒出來，做成只約略四兩。

但才新做起的茶，那細緻飽滿的幽香多教我入迷——

果然，嫩芽是植物生長之中最具能量，菁華飽滿的，連枝夾梗、多留老葉的滋味，如何和嚴格篩選的槍旗相比？

去蕪存菁。汰捨掉所有不合標準的新鮮葉片，只留下最豐美、純妙、細緻的部份。我不禁想起，從前課堂上和學生講詩帶習作時，常常談到「剪裁」的重要，有些中長度的詩，詩中藏有佳句，但篇幅太長，許多行句過於平庸累贅，雖然有些意象、旨趣，卻無法恰如其分地擔當起在全首詩中串聯承應的位置，要當亮點則不足，要做鋪陳又太煩悶，頗有食之無味，棄之可惜的雞肋感。這時，假如作者心中一橫，狠心將那些贅句全數刪去，僅留下最具巧思、靈光的警語，寥寥的精言醒句，有時反倒美感煥發，造就出一首兩、三行的絕妙小詩。

那些在林老師眼中，顯得偏老而不願採做的新鮮葉片，是否，就是在用茶寫詩的過程中，那些被剪裁、棄置，斷然割捨掉的冗文雜句呢？

可是，我也無法忽視，在樸實可愛、親切善良的農家爺爺奶奶眼中，堅持貢茶標準，專採芽尖的我們，一樹翠嫩只捻去最尖的一梢，頂芽槍旗以下第二片幼葉就不採的作法，是多麼不惜資源、浪費糟蹋——何嘗不像是廚師爲刁客上菜，面對整塊端來的牛排，只切了最精華的部位吃上一口，其他的部份就棄如敝屣，全部丟掉？

茶樹無心，只曉得順時應景，茂盛生長，人卻需要有不同的盤算、擁護、顧慮及考量，依據相異的背景、思維與角度，各懷其思，各存其想，終究也只能各得其法，各行其是。

人情世事，孰是孰非，或許終歸沒有徹底的好、壞、對、錯，只有各自的立場，和不得不的選擇。

追求極致的心，和催成產能的意，春來時，面對同一棵抽出新綠的茶，分歧的兩種認知，就像是獨木橋與陽關道，不在同一個點上出發，結果也歸不到一處。

碧綠滿枝，只取一尖採。原來，在這個運行快速的時代，有些堅持不合宜，有些美好太奢侈，於是路，若還一心認著要走下去，獨木之橋，就漸漸顯得沉默孤僻了。

虛席以待

采翊姐是林抒音老師的好友，家裡有十幾二十個茶倉，細緻優美，都是名家作品。

這些茶倉材質不一，有方有圓，各具造型，小至巴掌大小，中的似酒罈，最大的如水缸，約爲成人雙臂環抱；鐵黑、赭褐、暗紫、玫瑰金……大大小小，高高低低，房間內擺了整櫥整櫃。采翊姐喜歡，尋購這些陶藝家創作的茶倉，當作藝品收藏。

然而，這些愛惜非凡的茶倉，她竟寧可純擺飾，純欣賞，任其無用空置，手邊有茶，也不願意往裡頭放。

也許正是愛惜非凡，所以不願隨便存茶吧？就算在外頭得了價格昂貴的茶，那些茶的品相、氣韻，過不了采翊姐的心，匹配不上茶倉古樸端雅的氣質，她偏不願教茶倉內沾染上凡香俗氣，一包包的茶葉饋贈往來，也只是原樣原放，照舊鋁袋包裝，一片葉子也入不了茶倉的腹。

滿室茶倉，投閒置散，歲月悠悠，就這麼空過了許多年。

直到她與林老師結識，得了手作美人，被細緻宛轉的靈活茶性打動開始，茶倉裡虛懸凝結的沉睡時空，才隨著串連起的茶緣，猛然甦醒一般，一齊運轉、活絡起來。

最早，是美人展眉和紅茶巫雲，然後思凡、翦雲、怡紅、絳珠、若曦、二昏、小親親、皓月、采夏……一年一年，每一季少量少量的手作茶，除了佐藤先生拿走和老師自留的，就伴隨著仔細寫註「幾年幾月作、幾月幾號存」的籤名條，全進了采翊姐家的茶倉。如此，存量年年緩慢增加，幾款私房茶，遂滿滿的住了一屋。

最愛惜的茶倉裡，貯存有最鍾愛的茶。「稱心如意」，如此方成。每週每夕，夜深人靜，她輕撫茶倉，一個個輪流打開，從倉口細細嗅察那些活潑演繹、輪轉變化的茶香，或輕盈，或沉斂，或秀雅，或豐郁；她謹慎體會，一一紀錄下輪番轉性，有時甚至一日數變的乾香：細緻複雜的蔘氣、木質、花香、果韻——日子久了，茶倉裡養出了許多氣質鮮明，性情各具的茶靈魂，擁有偌多手作茶的她，竟也變得只捨得聞，不捨得泡。

微物中，自有深情。采翊姐說，她的茶倉，只願意存林老師親手做的茶，而且不全裝滿，誓不干休。

虛席以待的小小佳話，緣份相投，知人惜茶，就這麼隨著那些封存的手作茶，寫入了倉甕內的茶香之中。

昔有高山流水的傳說，伯牙善鼓琴，子期善聽音，曲中的巍峨山勢、流水湯湯，鼓琴者那廂細微起伏的心念變化，在聽琴者這端，竟耳聞心明，歷歷爲真，沒有絲毫僞誤扭曲，掩藏不得，也逃避不了。具現感應，彷彿能直截了當地「看見」對方的心靈風景一般。「毫不遮掩的靈魂對話」，在這個以假亂真、處處謬誤隔閡的世界，是多麼稀罕難得，令人喟羨。情感賦予並穿透於物質，從琴弦上傳來，自茶湯中浮出，那些思念心意，最敏感的振動捕捉——只要，能讓自己的心專一不亂，純淨澄澈到能起共鳴的地步。瞬間能抵永恆。我想，琴音也好，茶香也罷，無意識間情動於中的舉措，毛詩序說的「手之舞之，足之蹈之」，乃至於一個深深實實的擁抱，也許，所有最高品質的溝通、徹底理解的交融，如那一片直接明心映見，流淌七彩融於一白的光，都是沒有文字，沉默於言語之上的。

子期死後，伯牙破琴絕弦，終其一生，不復鼓琴。春秋時代，那張被從中狠狠摔裂的琴；二十一世紀的今朝，這些終於被陸續填滿的茶倉。認定之後的不再尋覓，以及尋覓之後的就此認定；一爲斷，一爲續，然而，千年前後，不都是同樣固執專一的精神嗎？真正的深情，必然執拗，照耀過永恆光芒的心靈，沒有屈就妥協，無從替代，不容轉移。

何等決斷，何等醒覺。

我們的生命，人生中那些重要的位置與席次，是否也願意寧缺勿濫，虛席以待？擁有甘願寂寞，徹底自知的勇氣，不湊合，不將就，不便宜行事，不受外界規範、他人眼光所桎梏，沒有渾沌曖昧、模稜兩可，更不被任何自我內在的脆弱、需求、缺憾、投射所影響。

如果心，也是一座茶倉，要存入怎麼樣的茶，讓怎樣的人入住我們的心靈房間？如果愛，終有等第，曲折複雜的心靈建築、廣博深邃的意識迷宮，院落水榭，亭、臺、樓、閣，誰該升堂，誰能入室，誰適合禮貌地留在外庭邊緣，誰只宜嚴兵重防，遠遠地退避於三舍之外？

既然生年有限，空間亦有限。靈心不昧，怎樣的一份愛，才值得以我們的魂夢肉身爲神殿，星辰導引，穿越無數白晝與暗夜，在這風雨飄搖的人世，炬火不熄，聖壇供奉。

守心最難。姚謙寫過一段歌詞，戴愛玲的〈對的人〉：「愛要耐心等待／仔細尋找／感覺很重要／寧可空白了手／等候一次／真心的擁抱／我相信在這個世界上／一定會遇到／對的人出現。」

不是對的茶，就不存；不是對的人，就不要。過了很久我才真正明白，不求取也不等待，捨得留白，自我圓滿的人生，宇宙中，冥冥感應，終會迎來該長住久留的珍貴。

人居草木間

「人無癖不可與交，以其無深情也；人無疵不可與交，以其無真氣也。」這是張岱寫其友祁止祥的一段話，茶室裡外，往往來來的人流之中，君修便是如此。

君修是新竹人，到嘉大念園藝，一次茶會後，便在茶室留了下來。他是花草癡，真該是天生念園藝系的料，課裡課外，鎮日在溫室、農場忙著，往返田園以外，還要照料老家多年蒐植的盆景園栽、自己租屋處滿滿的花草。來了茶室以後，更連茶室的前庭也一併照顧了。別人辛苦，他倒是歡喜情願，真真切切的「衣霑不足惜」。

而草木有情，花葉有靈，植物似有感應一般，經他親手照料，一花一果、一莖一枝，亦多繁茂，多精神，滿庭欣欣向榮，常有鮮澤潤秀之氣。

我見他怡然滿意、熟練小心地蹲在園中忙，便想起《陶庵夢憶》寫的另一癡友金乳生。金乳生喜蒔花草，有一處佈置精巧、四時花開的庭園，他日日勤花，雖爲一病弱書生，但無分暑日、寒雪，每天早起不盥不櫛，便忙著匍匐地上，往花根葉底搜蟲、治蟲：「**事必親歷，雖冰龜其手，日焦其額，不顧也。**」君修知花、愛花，一如金乳生，但待草木之情遍及生靈，細膩憐憫，又自不同。

金乳生爲護花，除了親捉親捕，更備齊各式道具、藥水除蟲殺蟲，一蟲一法，決不輕縱放過。殺生、護生間，君修卻自有取捨，另存惦想。一回，幾個媽媽批來茶油籽，集資自榨苦茶油，農場得了茶粕殘渣作肥，君修殷勤囑咐，就怕量施多了，土壤裡的蚯蚓活不下去。無尾鳳蝶產卵，幼蟲孵出，他忙園藝，在枝椏、地上等顯明處見了，總趕忙捉起，小心翼翼藏到葉底；說是幼蟲笨，爬得慢敦敦，怕天敵捕食，替牠找了遮蔽安置，又偏跑出來，怎麼藏怎麼爬出，叫人無處心疼。

又或是茶室前院，插竿種的兩株番茄害了病，葉子扭扭曲曲，煞是難看。老師本要砍掉，卻讓君修阻止，說番茄上已結了果，就留給鳥吃吧。她依言留下，沒幾天，果然就有些綠繡眼、白頭翁飛來，在前庭翻騰起落，繞逐啄食。於是坐茶室，起炭爐，閒握一盞清茶，聽窗外鳥語宛轉啾啁、滴瀝如珠，人有茶而鳥喫果，怡然欣悅，亦浮生樂事一樁。

君修到茶室的時間略晚，和我猶如同門師姊弟一般。他慧捷敏銳，茶席細品之際，聞香辨味，尤在我之上。我們辨茶香，首先認出是木質、草青、花香或果香，若屬花香，約略曉得是蘭、桂、玫瑰、野薑等熟悉類別而已，君修不然，他便認得出更分門的品種香，比如蘭氣是蕙蘭或嘉德利亞蘭，玫瑰香型是偏果香或老式玫瑰等等。尤有甚者，即使同屬茉莉，於花開的不同階段，香氣散發、表現細節亦大有差異；隨著一杯好茶端到手裡，茶湯裡浮出的玫瑰香氣，是清晨初放，抑或日下盛開，或是開到老盡、即將凋謝……聽他認得明確肯定，我們不禁嘆服，若非長年勤懇於園圃，復有細緻敏銳之辨查力，何能至此呢？

看他細數香源，就教我想起《夢溪筆談》中「正午牡丹」一節。吳丞相至歐陽脩處，見一古畫，便能觀察推敲，由畫中牡丹披散的花形、顏色、水分鮮潤度，斷定前人所繪叢花非清晨夕暮，乃「日中時花」也。君修覺香、辨茶，嚴謹細微，亦大有吳正肅之風，善推善求，遂能發人所未發，見人所未見。

老師疼惜君修，他也默默耕耘為報。往來情誼，多不在言詞，盡往茶裡、花裡、盆裡土裡去。

學生的生活費有限，同學用去吃喝玩耍，他卻寧可縮衣節食，泡麵、饅頭果腹，就為了省錢下來多買一盆蘭花。林老師知道，做了什麼吃食，香的圓的扁的，就常多添一份碗筷，找他過來打牙祭。每每在茶室相遇，從沒看君修閒著，別人是大喇喇坐著，他則不經囑咐，自動自地往前庭去，在烈日下為主人園忙。庭中幾本花草、一甕浮蓮，都是他幫著扶植起來的。老師有朋友精擅養蘭，嘗過茶喝，專程寄來小品蘭花十餘株，秀致有韻，都是不常見的品種；這些蘭花讓君修帶回去細心照料，養到含苞待開時，他就會送回茶室，茶席一角，共賞清幽。有一次，他知道林老師喜歡，從新竹帶回一盆自家栽的粉妝樓，那玫瑰淡雅秀美，硬是比外頭見的好看；二樓陽台，因此添香增色了好久。

我只於茶室與君修相見，不是師生三人品茶試論，就是各攜至友相與聚會——一茶室都是「自己人」。在此同君修往來，多識其溫柔率直、誠懇樸實，從沒看過冷硬剛強的臉色，日久旁觀，才漸知他骨子裡實是硬脾氣之人。

君修是一個頂頂乾淨的人，憐花惜蟲、聆樂懂茶，獨獨不善與人交。他對待草木蟲鳥殷勤仔細，插花剪枝傾力專注，卻無此興致經營人際，在外獨來獨往，多成孤僻，除去幾個能通聲氣的知心好友，是沉默冷淡、不大睬人的。外人看他是獨行冷面，奇奇怪怪的臭脾氣，大抵他衷心認可者也不多，唯有親熟信任之人，能見他柔軟心熱，靦腆易感，甚至嬌憨無賴、潑撒促狹的一面。

其實他除了對花草情癡，於外界種種不公不義，顛倒委屈、荒唐無度之事，看在眼裡，往往奇憤難解，鬱結於中，論及亂象、時局，甚至有說至激動落淚處。性子裡的尖銳耿直，讓他瞧不起、看不平的事太多，他心底容不下骯髒人，眼裡看不慣世間事；偏憐無人見的幼小、細弱，卻嫉惡如仇，尤其痛恨那些惡形醜怪、恃強爲亂的。

一個真人處於這個虛虛實實的世上，氣性所至，又無法以假相迎，不能周旋、無才隨俗，激盪衝突，胸中自多稜角、多塊壘。君修人通透，心明白，但好惡極其分明，情太深、癖太重，難以藏斂妥全，旁邊看著，宛如一方尖稜削角的水晶柱，既愛其淨、識其清，復惜其銳、懼其折。莫非心底這樣清淨的人，註定不能往濁世裡去，只宜與草木泉石爲伍嗎？

君修這難與人同，不善妥協的剛烈脾氣，於飲茶一節，亦復如是。日漸領略於手作美人的手姿奇韻後，他對茶遂有了自成的賞鑑標準，認爲好茶當如交響樂，揚香轉韻，該有強弱起伏、分部穿插的離合呼應，鍾情於細緻宛轉之茶性，視一般茶爲「大腳宮女」，嫌其粗豔俗香，無甚涵養，竟不惜棄之如敝屣。

嘉大畢業後，君修赴中興念研究所，人在台中，每月一或二聚，旋來旋去，無法如先前時時在茶室。前庭少了妙手巧匠，花草無復往日顏色，藤草庭樹，大不似君修在時整齊精神；而他日日忙於農藝試驗，兼之無老師獨門的美人可飲，手上雖有旁的茶葉，竟寧可想茶、念茶，索性就不喝了。

我和君修結緣於茶室，同時一遠一近，共為林老師的「賠錢貨」。去年寒假，大約是農曆年前後，歲末天冷，她讓我們兩個到茶室喝梅花普洱。那一晚，陰滲滲地，君修從新竹趕來，風塵僕僕，一路小心呵護，報紙卷著，從自家帶來了幾枝挑揀過的粉梅。黑夜裡，我看他捧著點點梅束，走進茶室，整理花枝、風雨不動的神氣，頓覺他名字取得好，君修君修，可不是「春雨寒梅待君修」？

還有一次，林老師在清華講茶，君修去佈置，我去玩樂。午後金陽燦爛，湖心亭邊，張羅好茶席之後，我在石椅閒坐，看君修從橋上遠遠走來，手上數截長枝、幾片殷紅，陽光斜打，煞是好看。原來他找不到殘梅，卻剪了兩段楓枝走來。這紅葉經他修剪佈置，斜插銅瓶中，錯落迴映，頗有情致。那天的講茶熱熱鬧鬧，雖有諸多妙人、趣事，事至而今，我卻最記得水亭正中，圓桌上襯著銀壺、瓷杯、紅宣紙，陽光明媚那枝影橫搖的一瓶紅葉，以及他姍姍遲遲，抱枝踱橋而來的閒適自信。

茶之一字，拆析一看，上艸下木，中有一人。「人」居「草」、「木」間，即自成「茶」。似君修這樣磊磊分明，深情孤意、不善圓融之人，是宜於草木、宜於清茶，卻不宜於世的了。

殷海光先生曾說，「像我這樣的人，在這樣的時代和環境，沒有餓死，已算萬幸。」但願此間此世，能多些寬待默許、少些指點傷毀，容此不合時宜之輩，尋一處棲身遂願的角落，不求顯達於世，但求偏安於一角，真情真性，能得始終，慶天謝地，亦再無它想了。

傳情入色

前後約莫二年光景，那段結緣於茶的歲月裡，日復一日，我的腳下像黏了蜜一樣，電話約了，沒事就往茶室跑，師生二人談談論論，依照天氣、心情喝茶，有時品歷史名茶，有時喝私房手作，這麼沾沾惹惹，喫過她不少珍藏茶後，偶爾，也不禁納悶發想：手作茶的妙處在哪？那樣奇妙變化的風味，究竟從何而來？

《紅樓夢》第一回，寫在所有的故事結束之後、開始之先，「不知過了幾世幾劫」，有個空空道人偶經青埂峰下，見一塊大石上字跡分明，編述歷歷，記載了一段離合悲歡、世態炎涼的人間故事，遂抄錄了去，這段陳年舊跡流傳於世，即後來的「石頭記」、「紅樓夢」本事。而空空道人「**因空見色，由色生情，傳情入色，自色悟空**」，亦從此改名「情僧」。

這本是曹雪芹虛擬依託，借以敷寫的一節神話，「**因空見色，由色生情，傳情入色，自色悟空**」四句，開宗明義，卻實實貫穿了整部紅樓夢。紅塵宇宙，自無而有，由有至空，愛、憎、得、捨，出入之間，凡胎肉身一輩子，能承受、體會多少擁有和失去？有多少福能享，多少慧堪悟？面對大至宇宙星系，小至一花一蟻的成住壞空，因我們心有所愛，身有所戀，由色生情牽扯出不盡笑淚，從熱鬧到冷清，執著到撒手，這釘了板的十六字，以隱隱冷然的究竟悲憫，沉沉托起無數座微塵人生的深情繁華、沒落蒼涼。

真要細思是解不完的。偏偏有次從茶室喝了茶回來，滿腦子手作茶的佳妙好處，思緒飛轉雜生時，回家看到桌上正待重閱的紅樓夢，頓覺這概括了生滅輪迴、情生不盡的十六真言，拿來以深喻淺，大才小用，卻可正和自己當下對手作茶的思索領會相印襯。

特別是「**由色生情，傳情入色**」八字。最基礎、粗淺地來講，茶人見了茶園，取了茶菁，憑手上茶葉當下的香氣、品質，配合場地的溫度、濕度、環境條件，連結素來對茶的認知與觀念，或者牽動於學茶、製茶歷程中相關的經驗、記憶、情境，甚至賦予極度個人私密而不可知的，潛意識間無從解釋的某些好惡、衝動、情感……從而生起如何製作，如何在繁複過程上增刪取捨的想法，乃至付諸明確實踐，「看菁做菁」，摸了茶葉串繫起的種種意念變化，就是「由色生情」的一遭啓動。

至於「傳情入色」更妙。製茶師人壽大哥說，以手揉茶和機械揉茶的差別，在於「手感」和「手溫」。用人的雙手去揉捻茶葉，揉出來的葉片組織不至過份破壞，能保留相對完整的空間和活性，和機器冰冷一致的施力擠壓自是不同；而手掌手心與茶葉貼熨接觸，親密結實，反覆出力搓揉，有輕重緩急、有人氣體溫，這些溫度與觸感的如實傳遞，亦在在影響著茶葉風味的微妙變化。

傳手溫入茶，讓茶葉能承些人氣，留點人味，是最具體的一番「傳情入色」。

我卻想——雖然說不准這樣的想法，儘是痴心傻意的荒唐妄想——或者雙手揉茶，在過程中施加、賦予、傳遞進去的，除了頭一層有憑有據的「手溫」和「手感」，還有次二層的「性格」，深三層的「情懷」。

從林老師處喝過幾款不同人製作的私家手作茶，引導之間，細細體會，從香味到茶氣的表現，三、四個不同的茶人之茶，倒似有特色相異的性格：有的細膩，有的粗獷，有的厚實，有的靈巧……而出自同一人之手的幾款不同茶，雖然每種風味、香氣有別，但系列看來，卻又巧妙地呈現出某些類似的一致性，呼應著製茶人的個性，如不同品牌的設計師擁有不容混淆的個人風格一樣，饒是有趣。

猶在個性之上，更深刻、隱約，難以捉摸不易分明的，或許就是「情懷」。製茶師無意中轉印入茶菁裡的「個性」，像一個人的標誌，具一致性、可辨性與延續性；「情懷」卻是有意間一次性的烙印，是個人情識與茶葉於當下交會撞擊的靈感火花，不可重現，不可復得。

果真如此，雖然看似玄奇，好的茶菁竟能如藝術品，承載作者情懷的揮灑與創作，在一次次浪青、揉捻的過程中，雙手翻攪，雙手包覆，從掌心掌面到指腹、指尖，貼揉鬆壓，似陶藝師拉胚而賦型，小提琴家撫琴而共鳴；每個動作裡傾心予之，專注細膩，高度統一地揉入個人的思想、情懷、寄託、意念——讓茶葉去承載自然萬物、生命振動的深刻宛轉，成形呈色，發聲唱歌。這是文人茶，也是最終究的「傳情入色」。

或許終知草木有情，更有靈。

其實，從前沒有機械，所有的茶都是手做的，但名區名茶，講究的是傳統技法，六大茶類中各種名品，皆有既成一定的工法與程序，規範嚴謹，是遙久以來茶饕與工匠共同塑造、維護的集體傳承；如今有了機械，純手工的茶少了，一些有心手作茶的茶人，少量少量地做起來，各秉想法，反倒有了不拘章法的實驗空間、個人自由。只是，普天之下，茶區之廣，真能不計成本、心力、產量，單以成就藝術理想的創作角度以茶抒情，因茶詠懷的，小小一座海島之上，不知又有幾人呢？

欣怡是我在台大電機的好友，當時我們兩個女孩子，一個一心一意要轉中文系，一個思思念念想去戲劇系，我順利在升大二時棄理工從文，她則因推甄不能轉系鬧得差點休學重考，後來她當話劇社社長，我擔了崑曲社社長，日後我念研究所，她去日本工作、學音樂，直至今日，我們總是相互支援，知心解意的好朋友。自我同林抒音老師學茶後，她若來嘉義，我們都會約了一起去茶室，聽聽茶的故事，說說屬於茶的話。她性情細膩，有不同於我的靈秀敏慧，我們喝了茶各自理論，和老師三人都玩得開心。

有次，從茶室告辭，一路散步回家，夜裡慢走，兩人都還沉緬於方才茶香的細緻多情。欣怡嘆了一口氣，我問她，爲什麼？

「我在想茶，」頓了一下，她說：「妳看，做一個茶，如果這麼痴心對待……假如茶葉被關心、愛護，得到這麼多的愛之後，可以變化出想都想像不到的好滋味，那麼人呢？人怎麼會不如茶葉？」

是啊。如果真能潛移默化，靈性感應，被精心呵護，得到人類愛情傳導的慢揉茶葉，能保留完整茶質，轉化出不可思議的豐妙香氣；那麼，自詡爲萬物之靈的人，若能自另一人手中，得到意想不到的大量的愛，不計報酬地，被豐沛、無私、純粹、毫不保留的好意所傾注，真心實意，精誠所致，又怎能無知無覺，麻木不感？人豈會比草葉遲鈍！

西方靈河岸上，三生石畔，一株婀娜靈秀的絳珠草，得神瑛侍者由色生情，留心護惜，日以甘露灌溉，久延歲月，遂脫卻草胎木質，得化人形，修成一心還淚報恩的世外仙姝。滿紙紅樓夢的辛酸荒唐言，竟是由一株草，偶然得到一份細心的愛澆引出來的。這是寫在卷首，因緣牽繫最初的傳情入色。

草得了情，能修成絳珠仙子，生作林黛玉，茶菁得了情、凡人得了情呢？

假如，我們也願將自己的愛，涓滴傾流，不較成本、不問回報，持久而耐心地，如細水甘露般給予。

癡想到底，一部書，一段情，一座紅樓，滿山茶園，父母手足，情人摯友，自己的存在，凡此大千世界，所有種種，都是空中見色，在浮沉流浪中，轉歷著由色生情，痴心執著，支應著傳情入色。

至於，何時能由色悟空，能清淨無礙，度一切苦厄？

身在塵中望紅塵。那就不是現在的我所能言的了吧。

茶餘

茶餘，指的是「葉底」，就是一般人所認知的茶渣。

家裡慣泡高山茶，和開水一樣作日常飲，不求精到，但爲解渴，一把把從壺裡掏撈、倒出，高溫沖泡後軟爛成堆的茶葉，自小看得多，也清得多了，從來也沒有什麼過多的想法。家中的葉底是不丟棄的，茶葉渣在我家，多半是功能性的存在。母親喜歡植物，尙天然，屬於她的陽台宛如一綠意垂掛，藤花處處的小型叢林。家裡的茶葉渣，化作春泥更護花，是一撮撮、一把把地混土堆了肥去。

另一則相關的記憶是茶葉枕。小時候，奶奶曾陸陸續續做了幾隻茶葉枕。曾祖父是讀書人，例常在附近茶行買茶，家常起居、賓客往來，每日也總有那麼些葉底餘下。巷裡的老家，有一處石板地的中庭，樹影天光，明亮清整，奶奶侍奉長上，每日收了茶葉，就往庭中攤曬，量集得足了，便可爲家人縫製茶葉枕。奶奶的手藝好，在尋常裡細心講究，什麼都做得精巧整潔，小小的一方枕頭，布色要配得宜人雅致，針腳要嚴嚴密密，乾燥的茶葉要紮得結實飽滿，又要適切地留點餘地，才能枕得舒舒服服、高枕無憂。

奶奶的茶葉枕，我和妹妹都各自得過，夏月暑日，日式的木造房子裡，臥著祖母親手做的茶枕，轉側時，後腦杓蹭著枕面，軋過枕心那細緻乾脆的茶葉聲響、臉頰邊微微扎刺的立體觸感，伴著淡薄清爽的茶葉乾香，在一欄窗影下，妥妥貼貼地枕著時睡時醒的朦朧白日夢，說不出的得意滿心、清香安適。

但抒音老師的葉底，因緣又自不同。首先，她不愛隨一般人用「葉底」二字，說是無甚趣味，意韻不足，獨獨喚其「茶餘」。

她說，餘者，剩也，喝完了剩下來的茶葉，叫它茶餘豈非有意思許多？一款好茶，飲畢之後，不應只留下一壺餘葉，回甘之外，更要有餘香、有餘意、有餘境，方能蘊藉有情，耐人尋味。想想確有道理。「茶餘」二字皆是平聲，唸起來也比「葉底」的去聲溫柔悠揚許多，因此日子久了，我們也跟著她茶餘茶餘的稱呼起來。

她的手作茶，也著實値得起「茶餘」這溫秀許多的別稱。葉底本爲茶品評鑑時著意審察的項目之一，芽葉的品種、顏色、光澤、老幼、整碎，與及製作工法、發酵程度的掌控等等，於品質判斷之上，皆大有可觀可辨之處。抒音老師的茶餘好看，實在要源自她身爲茶癡，對茶樹與自然本身敬天惜物的鄭重珍愛，以及執拗非凡地對「美」的追求與堅持。

她惜茶愛茶，不樂見坊間大量製茶的作法。在她心中，草木是有靈性的，茶樹承天應地，其枝葉梗幹，自有氣脈，若一味拗斷斲削，豈不損傷？茶葉摘採時，不可粗暴拉扯、強橫扭下，遑論藏掛刀片於指間以鋒銳斷之；她採的茶，定要手法輕柔，如順風自然吹落折斷，因葉一離枝即是受傷，更務必要輕惜呵護，小心對待。

採茶如此，揉製亦復如是，數十年經驗的老茶師看她慢工做茶，往往大搖其頭，說一點點茶揉上半天，沒人這樣做茶的。然而正是她這樣的痴心造就了手作茶自立出格、靈性不凡的生命。看她做茶，我總想，若須得生作一株茶樹，註定要受人炮製，得經這樣的手，離枝再生，免於機械壓烤、輾轉顛沛，是多大的幸運與福氣。

林老師愛美，泡後的茶葉也不願其蓬頭垢面、敗柳殘花。其實這樣兢兢業業，慢工細活「款待」出來的茶，怎能不美呢？她要自己的茶靈動有韻，即使在沖泡末了，所有氣味精華都被淬盡支透後，茶葉仍能如本來面目，還其原形——要潤澤光亮，如枝頭上的彈性飽滿；要姿態靈妙，如剛採下的鮮活模樣。無論是一心二葉，或是一槍一旗，都仔細講究，絕不馬虎。

她的茶餘，確然如此。風乾之後，葉葉心心，姿態皆婀娜纖巧，拂卷自如，竟如特意保存的乾燥花一般生動美好。她取這些曬乾的茶餘，製茶帖、做手抄紙，拿茜草染的細布縫茶葉枕。近幾天要做的一只新抱枕，還是摻入忍冬、茉莉、薔薇、薄荷……各色香草植物集製的花草百茶枕。或者泡的是新鮮剛做起來的綠茶，因親採的芽葉必定只挑那些最細嫩、幼美的，茶葉泡展開來，皆光亮水嫩、清鮮碧綠，林老師就會在兩三泡後，拿這些茶質仍十分豐厚的綠茶茶餘，或是煎蛋，或是做茶碗蒸，或是和茶油一起拌手工麵線，或是切碎了揉進麵團代替青蔥做蔥油餅。沒有一片葉子是遭到隨意清理，被視爲無用之物而丟棄的。

這裡的茶友，也一個個格外珍惜起她的茶餘。采翊姐留了一個茶倉，專管收集曬乾的葉底；日本的佐藤先生，特別備了一個白瓷甕，將每泡的茶餘細心貯存。一次茶宴之後，對著一壺泡盡的美人茶餘，江振誠主廚問她：「我可以把它帶走嗎？」中華電信基金會的執行長林三元先生，初次在貓空喝到她的茶，竟提了一只塑膠袋，將茶餘全數帶走，一路走，一路貪著殘香、嚼著茶餘下山來，回家後還冰在冰箱裡，想念起時，便吃它幾片，既圖茶味，復思其香。

不只惜茶，更敬茶。被一杯茶敲動心靈，進而惜愛起茶後的餘物。這不僅僅是對茶本身，而是對自然與生命的一份由衷禮敬。

由茶乾、湯前香、熱香，茶湯色澤、滋味，乃至杯底香、冷香，終至賞葉底、留茶餘。這何嘗不是一份慎始慎終呢?總要多少小心翼翼、思量維護,才成就一泡福緣雙全的好茶?世上多少人事因緣,始於繁華,終於冷清;多少擁有美好開始的,最後落得殘敗結尾;多少起頭如意圓滿的,漸漸轉爲疏薄冷淡,甚至違逆反目、相嫉如仇……凡塵俗世,庸擾不盡,何曾能如這裡的手作茶,善始善終,懷想流芳?

人,情,物,事,無論是否擁有足夠的修養、智慧維護保全,追求幸福、謀求美善,也許,終歸都是人情願活在這世上,受著,並耐著的生存動力吧。

也曾聽人家笑她,「不美的東西受不了」,我看林老師待茶,或想起奶奶做的茶葉枕,進而體會起那些經婦人之手,傾注在微小的日常物事當中,細膩、嚴格而專注的美好心意——感嘆之餘,總想起崑曲《牡丹亭》裡,杜麗娘在〈遊園〉一折唱的「一生兒愛好是天然」。

春日裡,雖無人見賞,仍極其鄭重地好生整飾,將自己穿插得鮮麗整齊的少女,眼看著「翠生生」、「豔晶晶」的裙衫寶鈿美好至斯,麗人倩影,興起了對青春的眷戀、自我的珍惜。

不唯是臨鏡自照，西洋神話裡水仙花式的自戀情懷，這一段宛媚的唱詞，該牽連於更深層地、與生俱來的對「美」的敏銳與追尋。

對茶餘的珍愛，其實是一種返身自重。如同杜麗娘對自身容飾幾近藝術性的堅持一般，對美、對生活的講究追求，骨子裡原是一份澄澈乾淨，自尊自愛的內美本能。如屈原願「製芰荷以為衣，集芙蓉以為裳」，這不單單是表象上膚淺而外顯的裝飾行爲，而是明亮灼烈、近乎內在烙印的一種精神性的美好堅持。

作爲附在茶室貪杯聞香的茶蟲，我也珍愛她葉葉皆好的茶餘。有回，去茶室時天雨，離開時雨已漸收，我將飲後的茶餘帶走；那次喝的是「巫雲」，老師拿了一只小玻璃杯裝了給我。趁夜涼，我一路走回去，其實已經連零星的雨點都沒有了，但我不欲車輛經過時，偶起的煙塵沾落上猶自潤澤的葉底；也不要途經未打烊的小吃店時，燻膩的油火氣侵染了仍續幽美的茶香，無雨的夜裡偏要滿撐開傘，慢行回家，也不顧旁人奇怪，雙眼望著、隻手遮著，一路將傘挪移斜罩，專專只護著捧在手上的茶餘。

還有一次，在台北喝的，是林老師的監製茶，我特別風乾，取來小茶罐貯之，帶回嘉義後再尋了絲囊細心包起。其實這些茶餘，雖也形色秀美，卻不如手作茶珍希，只因燈下執杯共飲的，是我獨親獨厚之人，惜人還及惜茶，由是遷戀，更作留念。

「留得枯荷聽雨聲」，每每收茶，留茶，我總在心中小聲默念著。

就像一則默然的祝禱，長夜裡，摩挲起風涼曬乾、蜷曲有情的茶餘，便如輕撫過心靈裡層滲著日光餘溫的形色記憶。茶性若真有靈，但願我們寂寞有時的今生，沒有不散的秋陰、少些飛晚的寒霜，所有加意迴護的因緣，皆能始於慎重，終於圓滿，如那些靜靜縮臥在甕中，安憶當年的茶餘。

古道照顏色

人生一世，是否非飄零，不顯沉著，非嶔崎，不見磊落？歲寒松柏，縱能於紅塵俗世偶一隨之，或許終非常情之所能度，只合雲深霧裡，追懷想念。

祖師爺出身世家，通諸藝，精癡於茶。於國共內戰，傾崩紛擾之際，舉家避亂來台，時局動盪，離鄉背井之人，除隨身銀元用錢，不攜珠玉字畫、古董珍玩，專守著十幾甕藏茶渡海逃難：水仙、普洱、大紅袍、鐵觀音、徑山茶、六安瓜片、鳳凰單叢……以茶是寶，幾如身家性命。

來台後，祖師爺定居台北石牌，生活清寂淡泊，不喜繁雜。竹籬簡舍，三餐饅頭、腐乳，長年一襲棉布衫，舊衣補了又補，吃穿用度，皆極清簡，屋中不購字畫、擺設，捨盡一切欲享，卻能千金買茶，不皺一眉。

他專事茶之一道，爲保五感清敏，長年茹素，不沾葷腥，品茗辨茶前，必漱口、洗鼻，而茶必泉水，非泉不烹，若是臨時用罄，旋呼計程車上山汲泉，專程往返，不辭資勞。日有顯貴從其尋茶、委購，學生或覺羨畏，祖師爺察之，輒以「見大人則藐之」曉諭。

林老師自十九歲起，隨祖師爺識茶習茶。祖師爺教哲學，修易、禪、老、莊，言明佛陀拈花，只傳心法。他以茶喻世，以《易》演茶，領學生讀書論道，參茶如參人情世相。寡於言，而語多機鋒，一句：「易者，生生不息也。茶如易。」開宗明義，就足參上一輩子。又云：「茶要保持『天機』之完整。」——因何曰「完」，云何作「整」？「天機」不墜，何繫何往？因緣深邃，冥冥渺渺，層層追悟，更不曉要撥尋到幾時，才得幡然通徹，全盤皆明。

祖師爺脾氣剛硬，清謹蕭肅，湛然若神，凡事明白篤定，一言既出，自無轉圜。曾有日本茶道雜誌前來專訪，他只撇下兩句：「喝茶，是我的事；教學，是我和學生的事。」便再無話。學生發問題，祖師爺謂：「不是不能問，而是需『慎問』。」曾有客詢：「什麼是好茶？」答曰：「我說了算。」何其孤傲自信！

祖師爺外厲內慈，予學生喝好茶，所耗雖百倍於束脩，亦從不吝惜。林老師每赴石牌學茶，總是第一個到，末一個走，先則洒掃、鋤耘、佈茶席，後則滌壺洗盞，收拾整齊。若來得早，更至士林購青蔬豆腐，回石牌煲粥、拌菜、炒花生，爲祖師爺下廚備膳。祖師爺復惜徒，別人沒有的茶，她都有，與老師談《紅樓》，更勉她除黛玉之性靈，更要有寶釵之厚、李紈之守、探春之志與才——若欲依茶而立，通兼「茶」、「人」，則無性靈，不能慧悟；無厚德，不能爲仁；無志氣、乏才幹，便不能治茶理茶；不能甘於寂寞、淡泊自守，就耐不住漫長追索，愈向高處的孤獨領悟，因「人若至察則無徒，茶若至茶則無茶。」語重心長，所慮何深！

老師事師愈久，愈見祖師爺清明寡澹。「晚年唯好靜，萬事不關心」，漸至隔絕一切俗務往來，在外更不教學生提其名號。茶室裡，唯有一幅：「**風流得意之事，一過輒生悲涼；寂寞清真之境，愈久轉增意味。**」自書自懸，以況其境。

七十二歲那年，祖師爺赴紐西蘭，隨其姪移民定居，不復回台。臨去之際，謂老師：「師徒之緣，今生此盡。」未留通訊、住址，示明往後種種，不通消息，不令聞問。她徬徨傷心，問：「以後沒有老師怎麼辦？」祖師爺告訴她：「以茶爲師。見茶即如見師。」遂一身輕便，灑然而去。日後果再無音信。她亦謹遵師囑，未曾臆想打探，只獨自思憶師訓，哭泣眷戀，默默傷懷了許多年。

老師入祖師爺門下，聆訓受業共十一寒暑，曾聞其喟：「未經離亂，何事輕言孱僽？」祖師爺原有一未婚妻，遷台時未出得來，遇文革，遭鬥早逝。後終身未娶。曾於茶後說弘一大師，語及法師病未痊，擬捨命赴西安弘法，弟子劉質平獲訊趕赴，臨行際，急登輪船搶下尊師一事，感其情，竟至涕淚縱橫，不能自已。

這樣一個冷面心明，熱腸自度的老人家，情極深，性極決，謙於茶，睥睨於世，能守能狂，能捨能斷，一生自述：「**揀盡寒枝不肯棲。**」而典型盡在夙昔，前人一輩，清風亮骨，如今世雖泱泱，又有幾人能及？

天上玉樓，人間遺事，祖師爺去後，恍惚之間，不知又幾十春秋。「**路漫漫其修遠兮，唯將上下而求索**」，昔日所傳教誨，言行歷歷，只得謹記在心，以一生兢兢翼翼，參悟實踐。

蒼茫此世，舊徑難覓，今欲俯仰追憶，人已隱，時未知，地復失，思念感應，僅能於清秋佳夜，祭茶一杯——一縷茶魂代清香，願無違師訓，無辱師門，一片冰心，庶幾無愧。

蒹葭蒼蒼

人與物之緣，或淺或深，或隱或顯，或等閒，或繁累，或一朝亡佚，或一世因循，乃至泝迴追覓，纏縛眷戀……物、事、時、地，身前身後，輕重遠近之間，年年月月，不知總多少生滅，多少聚散。

我喜歡芒花。

最早是爲了在水一方的淒迷悃然，在那樣含蓄的年紀，所有隱祕的牽掛，委婉曲折，曖曖含光，都是無瑕纖美的少年心事。「溯洄從之，道阻且躋」，秦風裡，一頁「蒹葭」，怔忡恍惚，總教我難作釋手。清冷秋晨，白露微霜，宛在水中央的伊人，泠泠絕美，飄忽迷離，永遠在視線所及之地，永遠是無從親近之遙，那是現實與心靈的雙重距離。

掩映在蘆雪中的永恆追尋，那麼抽象、渺遠，精神上全付的重託與失落，不可企及的愛戀，無法世俗的美，不可企及的神靈般的存在。

是不是越單純的年代，生活越不簡便、發達，越容得下、蘊得出純粹虔誠的守望？曾經，如墜霧中，朦朧地感受著追尋的衝動，有某個人，某份神情，好似清清楚楚，卻又總望不真切、看不分明，只留下一團悽楚地，幾近絕望的美的印象……胸中分不清是暖是寒；隔座分水，在盈盈一水的河岸，在燈火通明的廳堂，懷著某份眘眘沉沉、無處分說的心思，隔著層層蘆影盼著，越過叢叢人海望著，愈清豔，愈寂寥，讓我們嚮慕仰望，莫通莫及。

紅樓隔雨相望冷，珠箔飄燈獨自歸。

只為了一個眼神，一次照面。我想起泉鏡花的小說「外科室」，貴為伯爵夫人的女主角，為了死守心中秘密，寧可不經麻醉進行剖胸手術。僅為許多年前，少女時，與當時尚為醫學生的男主角，暮春裡，杜鵑如火的公園中，細細移步，曾有過一次凝視都算不上的擦身而過。

移動的視野，定格瞬間追成的銘記。斷斷不可靠近，是傾盡一生凝聚成一點，連對方都不知道，嚴絲密縫、熾烈濃縮的愛。兩人當時沒有交談，沒有停步，日後也未表過半點心意。

一次追尋，就值得生死相許。

原來愛蘆葦、菅芒，只是為了那份依稀彷彿，難捨難即，為了自己生命中曾淚眼朦朧的煙波水寒。

後來，實際看芒花的經驗多了，這份心思，才從文學裡一頁詩氤氳的美，漸次落實，移轉至芒花本身的姿態與精神。

其實，芒花是一種柔韌的植物，漫生於山坡水湄，自發自興，野生俗長，看似鄙賤，入不了群芳的譜，爭不了明媚鮮妍。但芙蓉芍藥、桃李杏蕙，朝夕風颳雨落，一逢淹煎，也只得委靡狼藉，紅消香斷。芒花卻不然，那樣細細碎碎的花穗、抽長無傍的莖條，偏經得起沙塵襲打，耐得住逼迫煎熬。一團芒穗狂捲在風中，顛覆拋亂，無論怎樣歪斜、張揚、錯逆、倒懸，待得平息，風過境遷，仍能一枝銀白，恬素和怡，靜美如初。

我常笑說，像小時候看的電視，洗髮精廣告裡的女明星，一把烏黑濃亮的長髮，無論怎麼甩、怎麼扭、怎麼糾纏，無論遭受了怎樣刻意製造的動盪、擾亂，「輕輕一撥，就回復原來髮型。」

芒花雖纖細，自不是令人歎息哀憐的植物，風刀霜劍，它能如列子御風，在暴惡嚎哮裡，迎上輕盈迴旋的身段，伏在氣流鼓動的浪尖，翩躚有情，泠然善也。

芒叢成片擺蕩，撲撲點點，跌宕不折，顛躓不亂，像合力經受、抵禦外界的作踐與磨難，在生命的八風裡參酌順應，修行自度。

還其本心，竟像是未曾受傷一樣。我常羨，總想，人活著，若能有這樣的韌性，無論遇到怎樣狗屁倒灶、傷痛委屈的事，回過頭來，都能無怨無違，不悔不改，「回復原來樣子」，多好。

那時，在台北讀書，每回返家，入了秋，火車南下開過濁水溪，臨窗眺著，我總要多望兩眼搖曳成片的菅芒，愛它能耐傾倒的纖韌，也愛那份蒼茫壯闊、肅肅蕭蕭，滿座衣冠似雪。

秋天到了，茶室裡，例常要有一甕茂盛的芒花，以助秋興，以點秋思。

靠近門口的地板處，林老師每年都要在角落插一盆秋芒，若是少了、錯了、晚了，她坐在茶室裡，就渾身不對勁，無心設席治茶，覺得哪裡空懸了一塊，不是真真切切的秋天。

今年的一甕，插得略遲了，她心裏一直記掛。好在這季暑氣散得也慢，秋景應得不急，月節過後，夜裡還是悶熱如夏，不似仲秋。待到芒叢豎起，天也寒下，終究趕上了初初的秋涼。

一入茶室，左手邊就倚牆立著一簇好精神的蘆草。一叢淺柴色的茅穗，高高擎起，淡淡帶點金暉，錯落參差，葳蕤披離，底下以月桃枝葉紮繞支撐，甕口再垂飾著串串陶紅胭橘的月桃實，一高一低，就在室裡托舉出了濃濃的秋色。

插這一甕，要仿出河畔秋芒的風致，量是少不得的，一大把芒叢，要插得攢攢簇簇、旺旺實實，若是稀薄零落，反成闌珊。品種選擇，亦有學問，適合插的芒花是開卡蘆，因其茅穗緊實，不易飛散，賞期既持久，又不致讓室內沾粘細軟，一點點風吹草動，就鬧得滿城飛絮。

我最初不識其中機竅，一回和父母在外，車過溪谷，風裡搖白，見一片甜根子草，又在好攀折處，想著林老師要芒花，遂下車剪了幾枝攜去。到茶室，才知道甜根子草難置房內；她仍然將它插起，一般地豎在甕裡。果不其然，這盆白芒，在門口擺上兩天，就飛飛亂亂，飄蓬轉絮，到處繾綣纏綿起來，只好師徒兩人動手，改將芒絮刮下，製手抄紙去矣。

老師自然也是愛芒花的。這份喜愛，滲透在居常日用中的點滴瑣事。

她取甜根子草做手抄紙，買來紙漿，散撒上細碎芒絮，拌成一盆，抄網勻起，一幅幅濕漉漉的新紙就晾滿一桌。這些紙，有樸實的質地，纖維的肌理，芒尖的細影，她拿來題字、寫詩、製茶帖、裝幀成小冊，或依茶席選配，墊在壺承下用以襯色。幾張友人題句留下的，落款蓋印，紅泥墨字布置在雜隱茅絮的手抄紙上，更顯樸趣。年年有芒花，茶室就年年有手抄紙，歲復一歲，未曾漏斷。

她還收著一套磚紅瓦片，是偌多年前，在美濃，入一片棄置的菸樓廢墟裡拾回來的。十餘塊老朱瓦，輕薄堅實，其中大大小小、有寬有窄，寬整大面的，約十吋平方，小的則多是碎瓦殘塊，或如巴掌，或如窄牋，都是她刷洗乾淨後，一片片用細砂紙親手磨成的。這批瓦，小片的可作杯托，大片的可堆疊作茶席佈置，刷磨洗淨的朱紅，略覺暗赭，更有些經年的灰痕雨漬，吃進瓦面，呈色斑駁，反留成了悠長的歲月消息。

薄瓦之中，有四、五塊，偏旁繪了幾莖白芒，穗禾抽飛，清俊飄灑，托著大片赤沉無光的瓦面，很有些留白寫意的空間，或堆床架橋，或杯盞錯落，極適宜秋席佈置。

今季茶室慣常設的，是弧度巧搭的瓦橋。某次茶後，她將乾燥的葉底收一小撮，撒在繪白芒的一片大瓦上。我座上無聊，茶裡說說談談，就一邊把玩這一丁點形色秀美的葉底：有時只是細細撫挲，有時屈指拈玩，有時更挑起幾片，略拿高些，再從掌心傾側落下，聽茶葉散打在瓦上，叮叮如雨落沙地的小聲響。一晚又是如此，卻眼尖找到一枚茶乾，一槍一旗，黛墨靈動，妙的是葉與芽左右飛岔，線條姿態，像極了展翅高飛的大雁。

我心中有趣，將這枚「大雁」挪移安排，略高地擺在瓦面繪成偏飛的芒尖斜上，如翅振原野，即擬成日暮歸鳥、高飛草動的場景；瓦面外緣，桌上剛好正擱著一朵掐下的小金菊，團團橘焰，竟也就應了落日的份。可巧這雁形乾葉的前身茶款，本又名喚「追日」。我指給林老師看，兩人都歡喜，忙取一段素絹來鋪折在底，且效一效〈滕王閣序〉：「落霞與孤鶩齊飛，秋水共長天一色」的名句。

有一回，暫且膩了，室裡撤去平常的擺席，說要改改樣式。我弄著玩，老師給我一卷宣紙，長軸橫走，平桌鋪開，譬如一江素水；老瓦三兩橫疊，單片獨置，前後間隔，又如沙洲在河。一雙瓦片清淺相望：作壺承的寬瓦上，寶瓶一立，對望的窄瓦邊端，茶海一擱，就如一人在洲、一人在船，映著幾筆飛雪的芒條，就是一席房裡的蒹葭了。

「誰是當筵最有情？」一席蒹葭，情人與共，願所有無始終的悵惘缺憾，都留在詩裡席裡、蒹葭影裡，但將古來難得的圓滿，留給現世的我們吧。

林老師還拿甜根子草染布，絲的做掛幅，棉的做枕套。鋁媒清亮，鐵媒沉深，銅媒染色，則介於兩者之間；甜根子草染出來，是淡雅含蓄的蒸栗色，隱隱透著一點薄黃淺青。茶室裡，銅染媒的人造絲，輕細纖薄的一幅帳幔，高高掛起，懸在二樓挑高的落地窗廊，風來時，曼然飄漲，或卷或舒，甜根子草的軟帘，就流風迴雪，飄颻舞盪在空曠寬敞的午廳。

我喜歡敞開門窗，將蒲團往地上一擱，隨處坐著，抱膝支頤，放空發獃，只管仰著頭，等風來，等風旺，等風退，等風息，在消長之間，漫看這張飄拂有情的懸幔，如何驟揚、慢落，像一隻兜滿風的帆，吹球般鼓起，再軟軟失力消退，迴卷出旋浪輕妙的粟黃漣漪。染在幔裡的甜根子草，是否在抱風而起時，也想起昔年身為一稈芒花的臨風善舞呢？

前後染起的長幅，絲的上了窗，至於棉的，裁縫成枕套，就更大費周章、耗時勞工了。只因她竟是起心立意，要以禾絮填作枕心，要自製的小枕塞滿秋息，裡裡外外都是甜根子草。

爲收集足夠的內絮，光採甜根子草，就鬧得人仰馬翻：往河邊去，剪一下午，每次足足塞滿一大布袋，要兩、三趟的量，才夠填一只小巧的枕頭；採來的甜根子草還要剝篩淘選、整理乾淨……這一忙，就忙了整整一個秋天，攪得工作室輕絮騰騰、煙靄平生，花謝花飛飛滿天。

最後做成五個素黃淡色的抱枕，軟馨秀氣，大小如飛機枕，裡頭毫無摻雜地只塡了甜根子絮。她留下三只，挪出一對，送給識交多年，曾爲八掌溪文化盡心竭力的余處長。

問她，枕套已手染，何以還要工夫至此？就用棉花、甚至茶葉塡枕心不好嗎？

她笑得有些靦腆，有點頑慧，一會子方說：「草謝了，就能抱在懷裡。」

……那是甜根子草啊。

同時，我彷彿在心裡，回聲一般，聽見這明朗肯定、理所當然的回答。

一季芒花白了，帶回茶室，從插盆，到製紙、染布、縫枕、繪瓦，她的這份愛，實實在在，摸得著、看得見、抱得住、享用得到，真實不虛，傳達了最人間的細微溫度。

她愛芒花，更流及八掌溪身上。芒花開時，是「銀秋」了，就帶孩子們到沙洲，唱歌、泡茶、玩沙、作詩，撿鵝卵石在上頭或寫或繪，讓孩子把她埋在沙堆裡，大玩大樂，直玩到日落黃昏。

離開時，小朋友一人手上一把甜根子草，紅日頭裡回家，邊走邊晃，白茅漫散吹飛，如鹽似絮，她就借景趁機，和孩子們說「撒鹽空中差可擬」的典故。

芒花最盛的時候，八掌溪畔的阿公阿婆，見她今天來、明天來，每天帶幾個不同的人往河岸鑽，問她幹甚麼每天來？早也盼，晚也望，有什麼有趣的？林老師說，來看甜根子草。人家一臉不可置信，說：「這片草哪會好看？鋤光了換種幾排土豆、幾行蕃薯，也還實在。」

我每聽到此節，就想起徐志摩記西湖，談「數大」爲美的那篇文章。人們提這文章，多關心如何「數大」、如何美，千頃雲海，萬鳥振翅，進而移神於遼闊無盡的天地大美。後來細讀，我卻總思縈文末綿長多繫的感慨。末段，他敘述西湖的蘆荻年來已漸次減少，因蘆柴的出息不如桑葉，擁田的主人遂改種桑樹，恐再過幾年，「西溪秋雪」的名景，就要成陳年絕跡了。

西湖如今，還是有漫漫蘆葦的吧。人有運，物亦有數，只是草木何辜，要由著人的喜好決定生殺去留？觀景也好，經濟也罷，爲惜秋雪，爲販桑葉，種誰留誰，雅俗雖別，終究都不是土地自己的意思。

總歸起來，蘆葦好，芒草好，甜根子草好，桑樹與土豆，也好。

她因芒花與八掌溪結緣，曾聽第五河川局局長告訴她，他眼中的甜根子，是八掌溪的幸運草，因年年秋天，甜根子草開花時，表示汛期將過，夏季裡旺盛的水量已漸收，治水防汛，可以鬆一口氣了。

一種銀芒，搖出千百心思，或經濟治水、民生民安，或城市河流的美學之夢，或一名女子小小的痴心巧作；竟如一根吸管吹出的泡泡，大大小小、飄飄轉轉，飛見於不同的瞳孔中，實幻交錯，麗影斑爛，映出了不同的彩虹。

林老師忙八掌溪，串連一條河的文化活動，四處請託，勞師動眾，如此穿梭忙碌，前前後後，算來已張羅了十年。除了人事因緣，最早對八掌溪留下心、存下情，也不過爲了匆匆瞥見的一幕芒影。就那樣一幕臨水秋雪的景，倉促照見，竟至勾動心緒，牽扯出無限後話。

這樣一份眷戀，源何而來？相處日久，才漸漸瞭解，她對芒花的愛，原來根植於記憶深深的餘光迴響。

小時候是爺爺。爺爺在朴子溪畔種田，芒花開得美時，就會一肩扛鋤頭，一手牽孫女，帶幼小的她往田裡去，等農忙到日落西山，休息時，就招她過去，地上一坐，讓孫女滾在大腿上，教她舒舒服服，或躺或趴，把視線壓得低低的，由比人高的芒縫裡看夕陽。

安靜裡，聽她敘述時，我試著追想重現那幅景象：小不隆咚，一點點個頭的年紀，爺爺帶著，安安全全地躲在高曳的芒叢裡，瞇眼逆光，看白芒染紅鍍金、漸沉漸豔……祖父膝頭，是最溫馨安適的美的啓蒙。

然而，最清冷深沉的印象，還是許多年後，隨祖師爺讀書習茶，在蘭陽溪畔留下的記憶。

蘆葦、蘆竹、五節芒……穗穗芒芒，漫地自放，山、河、海、陸，那麼多搖曳的風景，私心裡，最細緻、靈動、多情的，還是通體素白的甜根子草。

甜根子草開時，一莖高頂，凝霜軟銀，如新雪未染塵霾，像一把光傾灑上會流過去的白，迎日側映，乍一看叫人震然心碎。這景色宜靜更宜動，靜立時，遠望似寒帶一片淨冷冬雪的針葉林尖；搖動處，風走千里，捲起萬頃伏地白雲，波濤洶湧，成片如浪、如海……

而蘭陽溪的甜根子草，當著繁盛季節，浩瀚遼闊，如大地鋪雪，聯袂一氣，曠野平原上溢溢洋洋，無極滿盈，最是蒼茫氣壯。

二十幾年前，老師在祖師爺門下，每一逢秋，祖師爺總要攜三、四學生，兩夜兩天，擇日往蘭陽溪畔行吟擺茶。隨行侍師者，歲歲年年人不同，但必定有她一個。她會親製當令茶點帶去，桂花江米藕、栗子蓮藕羹，再備一壺菊花茶權作行腳解渴；

復攜古琴一張，往瑟瑟河岸彈「平沙落雁」。祖師爺帶的茶，也盡是濃韻應時的品項：水仙、鐵羅漢、鐵觀音……秋風凜透，琴音沉遠，茶色醇深如酒，對著滿岸銀雪，何其適景適情。

一行人，棄車從步，窸窸窣窣，往無人的曠野直入，覓一處四望開闊、冷冷清清的所在，秋雪爲主，天地爲廳，遂各司其職，整治一張齊備的茶席，然後起炭爐、注清泉，慢火活水，端端肅肅烹成一道茶，方息心攝神，斂衣衫，清茶三盞爲祭，敬天酹地，以謝蒼茫。

過後才是各人的閑散。

意到深處，面朝一江蒼茫，祖師爺一襲長袍，自立沙洲，引吭且歌：

「葉落秋風起，數里入雲峰。寂寞空山裏，撥芒覓舊蹤。
苔徑無人履，唯聞流水聲。夜板清澈耳，劃出一片空……」

其聲蒼老渾厚，遠遏行雲，既激越，又平靜，竟似懷有無盡感慨、無限衷腸；那宏亮，散入無邊的蒼莽空曠，一水萬芒間振盪迴鳴，久久不絕。

這一唱，直入五臟六腑，撼搖了聽者的身、心、靈魂。

好多年，她都忘不了當時祖師爺獨立蒼茫，在洲吟唱的神情。何等專凝地望著天、水，欲窮欲穿，彷彿身後再無他傍，一世悠悠，天地只剩他一人；而眼中盡是滄桑、追尋、沉鬱、慨息……頓挫悲涼，盡化一望，說不出的肅穆清寂。

我不知怎地，想起阮籍窮途而哭之情狀。祖師爺半生離亂，半世清修，莫非修到無淚可慟時，不過以歌代哭、遠望當歸？

一個人所能承擔負荷的支離破碎，沉默深情，聚而發之，狂放也好、凝鍊也罷，猛然驟洩，身體髮膚皆爲之共鳴所動。何等驚心動魄的生命能量。過後，她再也沒聽過如此聲調。不知昔爲世家子時，繁華軟紅裡，是否曾以票戲爲娛？祖師爺原通京戲，閒來尤鍾稼軒詞，唱：「千古江山，英雄無覓，孫仲謀處。舞榭歌台，風流總被，雨打風吹去……」但蘭陽溪畔那樣的放嗓高歌，平常畢竟難作一聞。往後她看戲，不再有蘭陽秋岸泫然欲泣的感動，戲臺上的老生唱功再好、再多梅花獎，吁歎喜悲，總是揣摩的詞意，作出的情狀，演出來書裡的人生，終究隔山隔海，離上一層；字字句句，剔的不是自己的骨，還的不是自己的肉，終非畢生傷痛情懷，活生生的肺腑所訴。

昔有衰蘭送客咸陽道，今芒花可有靈性，能披雪覆白，共此一哭？多少浮沉心事，誰理誰收？百歲不過匆匆，時、境變遷，河畔的芒草幾輪翻長、幾度白頭，恍然繫不住的舊夢前塵，悠悠蕩蕩之間，俱成往矣。情不盡時，唯有秋水岸邊，天下的白芒取上一處，漫漫相對，睹物思人，細想佚時微事，一一重按而已。

或許太多解不明的因緣、說不清的聚散，終究是自興，自傷，自守，自釋。而有情無情，白露共霑，上下溯迴繞不盡的蒹葭、層層撥芒覓不了的舊蹤，所有潺湲如流水的記憶，沾衣不落的花雨，歷歷夢痕的人物，終有一天，不分賢愚、聖俗無別，要同千江的蒼茫、千岸的蒹葭，一齊落得一片白茫茫大地真乾淨。

如若如此，造劫歷世，同是天涯淪落人，讓我們能在輪迴畢盡、大夢消轉前，多擁幾枝清冷的蒹葭，護惜幾段溫暖的好緣吧。

我勢必要
學成一種柔韌的決心
像撲在狂風裡的芒花
跌宕不折，顛躓不亂
我願迎著夕陽而紅，映著霜光而白
我願將所有拂擺都熟習
讓萬千煩惱結了又散
讓仿雪的悲傷持而不融
讓受挫的身段依舊娉婷
讓堆穗的滄桑仍有溫婉的年輕

既然，人世已秋，此生業起
在默然的坡谷擁風而起……

我勢必
學成一種迴停的舞姿
好讓你知道
這世上的美麗非但只有無奈

二〇〇六年秋十月

——〈芒花〉，《像蛹忍住蝶》

展眉茶譜

輯二

展眉茶譜

寶玉

跟著林抒音老師品茶，是二〇一三年秋天開始的事。實際上，我並非茶道班的學生，只是承蒙她喚去的好意，跟在旁邊分吃揀喝。那陣子，若是待在嘉義，三天兩頭往茶室跑是常事。茶喝了，私房茶點也沒錯過：她的茶葉滷豆干、春茶麵線、蜜泡花粉、玫瑰香酪、糖漬橘皮……

但真正令我痴心一意、流連忘返的，是她的手作茶。

茶室裡的手作茶，是徹頭徹尾的文人茶。茶葉取自旱季時也不澆水，有機野放的茶園；採茶製茶必訂於節氣當日，以取天時變化最鮮明豐盛之氣；採摘手法輕柔順折，只經她及二、三熟識農婦之手（有時甚至僅由一人採茶），浪菁、炒菁、揉捻、焙火等等，更有她別開蹊徑，與常法不同的獨到堅持……親力親爲，各種刁鑽下來，往往一次製茶，只得兩、三斤數，稀少珍貴，得之不易。

而真正珍罕的，在這些手作茶的仙氣與靈性。

林老師最愛東方美人，她的美人茶，當真是鮮明豐潤、氣韻生動。每款茶的性格各自不同，或清鮮，或沉厚，或端莊，或嫵媚；有時，首泡至三泡，每一泡還開轉出不同層次，從蘭氣到蔘味，間帶時而散逸的花果香……細細尋賞，只有越品越驚，越嘗越豔。

不喝過是不相信的。我印象最深的一款，名喚「寶玉」，那是一道出自芒種，花果調極重，甜美豐潤的茶：茶乾聞之即有郁郁果香，略有焦糖味；湯前香是濃馥果香、蜜糖甜香，壺蓋乍掀時，濃芳撲鼻，只覺一團錦繡簇擁而出，如《紅樓夢》中寶玉初臨之景。

茶質豐厚，聞香如此，泡來辨味只有更加精采。各種花果調如百花釀的蜜，金湯裡滿是醇香，但覺金玉滿堂、豐富華貴，飲來真是芬芳甜蜜，口齒纏綿，「軟玉溫香抱滿懷」。回甘更有滿口花氣餘芳，溫柔歡喜，令人好不回味。

且，這茶當真刁鑽難養得緊。不知是否「寶玉」喚久了，脾氣也像起怡紅公子。一回在外茶席宴客，與座盡皆男子，茶倉一掀，湯前香一下，我心裡就犯嘀咕：昨晚試泡時的花香、果蜜呢？怎麼一點不見，轉成乾爽型的草青調去了？只得忙忙轉詞，臨場發揮，把原先預備的說茶稿都打掉。

本想，大概不巧逢上茶氣轉變之際吧。豈料散席後，男客去盡，只餘女子時，我動了念，一開甕，這「寶玉」的花果香又回來了。待它與我隨老師同返茶室，那花果氣只有漸回漸濃、愈發甜蜜——還真「見了女兒便清爽」，遇上男子，就換過另一面目。茶性如此，怎不教人好氣好笑、奇極愛極？

「寶玉」如今已不朥了。聽說那一年的美人，果蜜香最是出眾。只望哪天在新茶裡，怡紅公子還魂托胎，再逢這縷雍容多情的溫甜香，幸極謝甚，不敢再嫌它任性難養了。

一百種花說的話
透過一隻壺側耳傾聽的手譯
甜蜜溫實地
化成一個豐饒的擁抱

那是
昔年冬夜，在你身邊感到暖時
來不及低眉訴與的悄悄話

午時茶

午時茶，顧名思義，自是午時製的茶。

不單是一天的正午，還要是一年之中陽氣最盛，傳統上最適合辟邪、保健、祈禳的正午——端午節。

端午在屈原投江之前，原非屬於詩人的日子，而是時值仲夏五月惡日，衝此陽氣最盛之午，正當懸菖艾、飲雄黃，驅瘟避疫，祈求長生保壽之日。應劭的《風俗通》便曾記載：「五月五，日以五綵絲繫臂，名長命縷，一名續命縷，一名辟兵繒，一名五色縷，一名朱索，辟兵及鬼，命人不病瘟。」

原來，五月潮濕炎熱，疫厲盛行，正是傳染病興起的時候，從前的防疫措施、衛生條件、醫學治療皆不比今日，故須嚴陣以待，將所有「不好的東西」隔絕於外：除了懸艾、踏草、結繩、繪符，乃至熱鬧非凡的競龍船、迎水神，一只只造型別致，玲瓏彩麗的香包繡囊……種種習俗所繫，所求非他，爲的原都是「祛邪除厄」、「延命保健」這等最人間，最民生的懇切願望。

林老師要的，就是這份天時中最強烈的端午陽氣——最激發人「生」的意志，足以除瘴、破險，鎮惡清毒的旺盛明亮。

她想這茶，已想了十多年，終於在一百年的端午節如願以償。

那年端午，前日還斷續下起濛濛纖毫、細如針腳的毛毛雨，她擔心茶做不成，一夕忐忑，卻巧等到半夜，雨就停了。不只如此，端午天亮，還是個艷陽高照，萬里無雲的好日子。遂趕忙謝天謝地，在十一點到一點的午時，動員動工，齊力採成這百年端午的午時茶。

午時茶不同於美人，用的是阿里山的青心烏龍，發酵較重，炒青入火較熟，未經焙火。我戲稱它爲「君子茶」，不同於美人茶的千嬌百媚，這款茶直爽甘醇，豐富飽滿，偏稻麥草香，飲來明潤如日曬玉崗，落落大方、敦厚質樸，回味卻又深沉雅健，甘味實重，令人有「曖曖內含光」之想。

最值一提的是它的茶氣。午時茶的風味直爽內斂、蘊藏回甘，真有如謙謙君子——但茶氣可一點都不「客氣」，不枉那端陽正午之氣，霸道強勁得很。一飲入喉，茶氣上下湧動直貫，通腦門、下足心，一氣打通，身體反應明確如斯，我瞬間想起張愛玲說胡蘭成的那句「敲敲頭頂，腳底板亦會響」，這茶氣響應之快，也真是同時敲頭頂、響腳板了。

午時茶頗得修行人的喜愛。除了寺院的出家師父，有位歷史系練氣功的教授，與林老師在碧潭邊的書房品茗，直稱午時茶是「打通任督二脈」；茹素多年，靜坐禮佛的思嫻姐也偏愛此茶，似乎練氣修行的人，感應更是強烈。我們雖是世俗中人，無特異能力，但也愛這茶爽健強勁，自強不息。

這股直落的茶氣，卻忽然轉換了。去年秋天我初到茶室，喝存到第三年的午時茶，領略的還是那直通霸道的茶氣，再過一年，農曆年前細品之，茶味如昔，茶氣卻大大改變，從直貫如柱的剛勁，轉化為不著痕跡的通透：甫落喉，茶氣立即向四方逸散，飄然無蹤，如羚羊掛角，無跡可尋。

我對老師笑說，午時茶這君子，也懂修身養性，從一介耿直之士，修成隱逸道人了。心無罣礙、通徹玲瓏，這成仙得道的茶氣，不更教人可敬可愛嗎？

茶氣走法雖變，那通體舒暢，一清氣脈的效果，倒是不變的。這茶更難能可貴之處，在切切傳承了正陽端午祛邪定神的明正之氣，雖治不了大病，身體若犯些微症小恙，飲下午時茶，還真能通氣寧神，疏導一番。

林老師每每感覺不對勁，要犯感冒前，沖飲一壺午時茶，便得舒泰許多。有次好友數人，茶室夜聚，君修中暑，欣怡鬧胃痛，我負責事茶，取的便是午時茶葉。匀分茶湯時，臨到君修的杯子，笑稱：「中暑茶」，臨到欣怡則曰：「胃痛茶」，兩人說說笑笑，取之飲之，一席過後，竟也就症頭全消了。

我則格外記得一個悶熱不堪的下午：盛夏溽暑，午時剛過，空氣裡黏膩膩地悶蒸著燠熱的地氣，是個非晴非雨，日也出不了、雨也下不得的天氣，頭昏腦脹，無甚意趣。到了茶室，和她默然相對，俱昏昏昧昧、懶懨懨地，真是精神委靡，困頓乏味的一對師徒。直至她取出午時茶，燒開水，熱熱地急沖下去，雙雙對面飲落，同時吁出一口長氣——眼也亮了，心也明了，頓時神清氣爽，暑氣全消，當真紓瘀解悶，胸懷大暢矣。

午時茶，是我們私房的「救苦救難茶」。救不了人間的大苦大難，但，在偶爾煩膩燥亂的生活裡，如急雨甘霖，拯救在俗事瑣務裡任性落難的兩名女子，散氣發熱、清神明志，倒是恰恰的適如其份，再好不過。

自此，午時茶的存量，消得愈發快了。

註：此茶因採製當日，經前夜微雨到端午麗陽，又名「雨後初晴」，以紀念之。

巫雲

她做過一款氣味芬芳的紅茶。

我名它爲「巫雲」，在颱風將來前的一個夏午。

那一天，去茶室時，一程微雨，我順路帶去兩塊薄鹽焦糖起士派，充充下午茶食。因要配糕點，又天氣溼浸浸地、清揚類的茶氣較難帶出，須得濃厚些的穩重壓景，遂尋了這款紅茶出來。

一包包茶乾打開嗅聞，到它就令人眼睛一亮。頭幾泡，照例自當細品，但那湯前香，才真教人整幅打起精神——多繁複的果蜜香！一團濃重的莓果、杏桃氣，鮮郁郁地撲竄而出，還帶點肉桂、可可味，真算是百果香了。這甜香自然天成，不借任何薰製調味，單靠茶菁本身發酵手作，不只無人工香精添灑，連薰花入果也未曾，因而雖極濃厚，卻仍柔美圓潤，沒半點混雜刺激。學生時代，我也曾對各種調配的製茶覺得有趣，學茶之後，方知自然的風味芬芳醇厚、千變萬化，一嘗過，但覺坊間薰香茶刺鼻矯作，「六宮粉黛無顏色」了。

一飲下，「巫雲」二字立即在腦海中尋見。蜜肉桂香的茶湯溫柔甘醇，茶味迴旋，回吐成豐富甜美的果蜜香，而茶氣如雲霧繚繞蒸騰、浮湧聯映……像山峽間迴盪的雲。

我真想起「旦為朝雲，暮為行雨，朝朝暮暮，陽臺之下」，楚賦裡，那蕩搖纏綿、奇麗變幻的宛轉心事了。

巫山的雲，是給宋玉寫出名的。楚懷王遊於高唐，晝寢而夢，遇巫山神女自薦枕席；襄王即位後，復至雲夢之臺，夢中亦見神女，卻無法成其歡愛。天上神女，人間帝王，借一山的雲寫出的高唐幻夢，不知讓多少人對那一紙煙雨發過癡想。這紅茶確也無愧神女之姿。瑰美動人，一陣陣甘香直送迭出，念念相續、環環相扣，不若其他手作茶，尚有留白、潛伏、斷續隱淡之處，濃郁芳醇，目不暇給，正如麗人「須臾之間，美貌橫生」的華亮丰儀。

宋玉寫神女初入寢殿之景，「**其始來也，耀乎若白日初出照屋樑。其少進也，皎若明月舒其光。**」乍臨時，憑一女子的美貌就能大放光明、照亮整座昏昧幽暗的宮室，那不僅是煌煌燈燭之火，而是日出破曉般，燦爛耀眼、凡人不可逼視之灼烈；當她挪移舉步，略往前走，那美稍斂其燄，如明月舒光，持續散放皎然流動的華采……「**步裔裔兮曜殿堂**」，這是屬於神靈的美，令懷王在巫山立下朝雲廟，教襄王思思念念，苦求一近芳澤而不得。

喝「巫雲」，聞香驚豔，亦如神女初照，回吐芬芳，則似微步流連；幾番沖飲下來，果氣、蜜香，終至花香的輪轉變化，不啻是神光離合、雲氣聚散之美了。

幾泡以後，終於想到攜來的乳酪派，一試自是絕佳。而過後許久，口中竟直縈繞淡淡花香，糕點味絲毫未留，只有紅茶餘香續發未滅，則為另一佳處。曾於他處喝過存放多年的紅玉，醇潤圓厚，帶蔘香、涼氣，湯色清澈如深寶石紅，已屬難得，但「巫雲」妙在氣味轉發、變化周折多端，如動態電影，又非一景一幕所能形容。

楚王有幸於夢中一邂巫山女，我亦有幸於此一嚐「巫雲」。這紅茶，我得了一包，打死誓不開封，采翊姐那存有一甕，捨得聞而不捨喝。老師自己剩得不多，因去年農曆春節，映著紅梅、紅帘、紅春聯，窗明几淨裡，一陣紅光熱鬧鬧地亂映，紅運當頭，遂發起「紅色喜氣當賣紅茶」一想，朋友喜歡，興頭起了，竟把手邊的巫雲幾近銷畢……終究回頭找出庫藏僅存的三兩包，還是當初忘掉，才免於漫賣一空，今日無茶之窘境。

我和采翊姐都惜愛此茶。林老師也知道這茶好，但偏偏和「巫雲」對不上緣、逢不上時，入不了她最深的心坎裡。就像人說「雖有感動，卻無心動」，這茶轉出濃花果氣時，她偏偏喜歡上蘊藏清雅的一脈，鎮日飲的是綠茶白茶，酷愛「絳珠」、「納蘭」，心心念念籌做一款「隱士茶」。共品「巫雲」時，我為它的豔果香而喜，她卻沉吟半晌，方說這茶「太豐富、太豪華、太富貴氣」，「太過繁盛雍容」，不似她近來的心境。

心之所向，情之所繫，在時光漫如流水的拉扯中，各自參差落定，原不可強。襄王有意，神女無心，於懷王寐中恩愛繾綣的，到襄王夢裡遂正色薄怒以拒，終至陽台夢醒，癡迷成空。賈寶玉在《紅樓夢》三十六回中，至梨香院先受齡官冷落，復見賈薔爲她買雀、放雀，終領會出這女孩兒先前雨中畫薔的心事，進而深悟人生情緣，各有分定，「各人得各人的眼淚」，他無法獨得眾人的眼淚與愛。各人有各人的緣法，各茶也得各茶的青睞。即是那樣一個集萬千寵顧、溫潤如玉的貴公子，也有人的心從不掛他身上；即是這般豐美華豔、不同凡響的茶，又是主人耗時費力三日所做，也得不到其造者貼心體己的鍾愛。

人間失歡得意，大抵如是吧。

八掌溪的細聲話

有一款烏龍，知道的人叫它「F16」。原先，鮮少聽林老師談論提及，近半年來，才漸漸把存茶的茶倉往顯處挪放，若想念起，偶爾會在茶室喝到。

不管從聽覺或者味覺來說，那都是令人愉悅的感官記憶：去年夏夜，我和她在陽台喝茶，靠窗的小桌晚風透來，開甕取出F16，才將半球形的茶乾倒入已溫過的小壺，甜氣隨即發出，一陣搖起湯前香，茶乾碰撞壺壁的聲響叮叮玲玲，如珠聲清、如細雨落簷，十分悅耳好聽。一掀壺蓋，米穀類的熟氣中透出梅香，連忙注水試飲，茶湯飽滿厚實，底蘊十足，蘭氣、蜜花香清甜強勁，令人怦然。

那晚，隨著那道放冷時更顯幽甜的蘭氣，我第一次聽到F16的故事。

這款茶，不是她少量創作的手作茶品，是多年前因緣際會，請一位阿里山鄉的製茶師做的。茶的出生，沒有詩情畫意、書聲琴韻，只有旁描側寫的人生混亂，曲折多誤。

獨立經營工作室，拍攝紀錄片的吳平海導演，是林老師多年的好友。大約八、九年前，高鐵還沒通車時，有陣子，平海大哥為了紀錄片的工作，時常搭客運南北往返。那一天，回嘉義的國光號上，他坐在前頭第二排，鄰座隨後來了一個男子，車剛開沒多久，陌生男子就主動打招呼，和平海大哥搭話。這位先生姓魏，從嘉義到台北上課學拆字、命理，他問出「吳平海」的姓氏後，就立刻在車上拆算起來。

兩人就這麼聊開了。魏先生原來是一位製茶師，熟人都叫他「阿樋」，本是新竹客家人，娶了鄒族的女子爲妻，太太是特富野的原住民，十幾年前，高山茶風行起來，阿里山區的茶產業引進特富野，他就是從事開墾的第一批人。

阿樋對製茶有心、有興趣，曾尋覓拜訪，切磋習藝，跟過十幾個師父學做茶，練出手藝和眼光，做出信心後，打算藉此立業，四處借貸、融資，投資了一千六百多萬蓋茶廠。未料才堪堪起頭，幾個颱風連番接踵而來，金主抽手撤資，已投入的成本如放水流，夢想化作泡影不談，一番事業還沒作成，就先欠下一屁股債，從此茶廠不能做，家也安不了身，就輾轉且過，一路躲債至今。也許是不知道人生怎麼出的錯，他試著學起命理，當時已經改過兩次名字，只是究竟還翻不了運。

從台北，三個多小時的車程，素昧平生，萍水相逢的兩個人，說身世、談困境，一路聊到嘉義，下車前，阿樋神色艱難，吞吞吐吐，囁嚅著問借錢。平海大哥想，若非身處絕境，豁開出去，誰肯沒了臉，漲紅著面皮，向剛認識的陌生人開口借錢？竟也就點頭答應了。

一念之仁的緣份，就彷彿自行長出腳一般，蜿蜒蹣跚，在人生中繼續爬行，周折著延續下去。之後，魏先生找到平海大哥，陸陸續續上門借錢好幾次，每趟兩千、三千不等的借，一陣子銷聲匿跡後，過幾個月就會出現：有時是女兒上大學，交不出註冊費，有時是躲債回不了家，還有一次數目稍大，是自家嫂嫂的幾分地打算租出去，他想承下來種茶，需要借四萬塊去買肥料。平海大哥想，若能從此建立一個營生的基點，倒是好事一樁，就允諾出借。後來似乎有些山地糾紛，嫂嫂反悔，整件事沒有下文，借去的錢也就不了了之。

從朋友處商討來的救急金，魏先生沒錢可還，只偶爾有機會製些茶，就一次兩次，拿自己做的茶給朋友充作抵債。數次數回，經年累月，平海大哥共借出八萬多後，眼看魏先生的承諾終難兌現，後來他再帶茶出現時，就收手不再給現金，只儘量往別的方面設法幫他。

雖然後頭的浮沉落魄，細數源頭，起於自設茶廠的願夢，魏先生對茶倒是熱情不減，一直還想大展身手，藉自己的技藝、實力翻身，許多年來，就這麼一面替嫂嫂管茶園，一面四處躲債，窩在環境髒亂的舊茶廠中，謀求東山再起的機會。

平海大哥知道他志在於茶，也幾次帶朋友上山看茶廠。一次，他帶抒音老師上去，往特富野深處走，到了荒煙蔓草、原始森林裡獨立的一片茶園——這片園子本是魏先生的，因欠債抵押出去，不能經營，只好廢棄，如此成爲野放，爲世所遺，已長達十年之久。林老師那時爲了文藝季辦茶席，正想找野放茶園做一批茶，在阿里山區四處訪茶，尋覓已久，見到這片隱於深路，被森林、煙嵐環抱繚繞，瀰漫著山野靈氣的茶園，喜出望外，摘下一片茶葉試吃，芬芳飽滿，滿口異香，品質極佳，更與尋常不同。想起當時口嚼茶菁的驚喜，平海大哥說，那充滿力道、豐沛鮮明的香氣，竟連木頭嘴的他至今都難以忘懷。

於是一拍即合，在平海大哥的牽線下，老師決定買下這批野放茶，讓魏先生統籌製做，也可創造一筆收入，暫解手頭拮据。

自約好要採茶、做茶開始，她滿心期盼，不辭山路蜿蜒，上茶園探看了好幾次。無法上山時，留在市區的日子，在茶室中也時時惦著、念著，連作夢都望想著那片茶園，魂牽夢縈的程度，「朝朝頻顧惜，夜夜不相忘」，恨不得插翅飛去茶園露宿，靠著茶樹日夕相伴。特富野那端，因蔓草叢生，無法採茶作業，大夥說好，也預先花了幾萬元請工人除草整理，如此，終於到了接近採收的日子。

怎奈人算不如天算，到了預計要採茶的日期，接連兩個颱風海上捲來，前腳跟著後腳，阿里山的路都斷了，便道不通，茶園上不去，巴巴的將嫩芽都放老了。等到道路搶通，已遲了兩個星期，她只急如熱鍋上的螞蟻，正要趕做，卻百般聯絡不到魏先生，原來債主逼得緊，他躲得無法，竟跑路去了，因無處投宿，流落幾處公園過夜，浪跡街巷，就這麼躲了一個多月。

天災、人禍，三番兩次耽擱下來，嫩芽都已開面成葉，茶菁已老，幾乎沒有芽心可採。她不願死心，魏先生也需要這批茶的收入，商量後仍請來一班採茶工，吩咐了千萬細採，按日算錢，除了老師、魏先生、平海大哥，還請來天一茶廠的鄧先生、太和的葉人壽師傅，一夥人擇定一天上山，入園開工作業。

豈料茶採回來，一簍一簍的茶菁倒出來，盡是粗梗老葉，一截一截的長莖條，比比都是一枝五、六葉，她一看，心都碎了，搥胸頓足，又急又氣，既痛且怒，頓覺百般期待、各種心血化作烏有，放聲大哭，抓起一把帶葉粗枝，指著一班排排坐的採工劈頭大罵：「這是要餵牛嗎？採成這樣我不要！」採工們面面相覷，沒有一個人敢應聲，平海大哥也不敢勸，還是鄧先生和人壽師傅將她拉開安撫。她猶自傷心，只得自顧自坐在地上，埋頭往一地狼藉裡挑茶菁，邊挑邊哭，邊哭邊丟，揀了好久，丟掉了大半老硬梗葉，才勉強留下一些堪做的。

採茶工的錢，仍照行情撥算，將眾人發付了。

這些挑揀後的粗採茶菁，雖已狠狠打碎她求美求精的期望，仍交給阿樋師，借鄧先生的製茶廠做起來；林老師、人壽師傅、平海大哥、鄧先生，幾個牽扯進的熟人朋友，本著人情友誼相助，大家湊著分買，勉強補足資費，於成茶本身，卻已無半點雀躍歡欣。

直至如今，她想起當時急痛攻心，怒罵採茶工的情景，嘆忿遺憾，猶自歷歷：「當時真的恨不得開一台F16戰鬥機，架一排機關槍把他們轟了。」怎麼能這樣採茶呢？對茶樹、對工作本身，都沒有半點尊敬愛惜。所以這茶，暱稱「F16」——她笑著，仍有些咬牙切齒，可惡、可惜又心疼地說。

F16的身世、命運雖多舛，平海大哥仍沒有放棄幫魏先生找個著落的希望。特富野一帶，本來許多原住民種茶，都是賣茶菁給茶廠做，那幾年，正巧幾個朋友有合資租一片野放茶園的願望，不拘阿里山鄉，平海大哥一直想尋一塊符合條件的園地，既遂了朋友們種有機茶的願，也可交由魏先生管理，讓他有個棲身之處。有一片樂野的茶園，業主後來改種薑去了；桶頭社區又找到一片獨立的有機茶園，草比茶樹高，二甲地，只是先和別人簽了約。等到解約後再去，地主的意願也很高，都要談成簽約了，平海大哥帶種茶製茶的葉人壽、簡嘉文師傅去看，披荊斬草，撥開層層疊疊的小花蔓澤蘭進去，才發現包在裡頭的茶樹，竟已經死掉九成，若要重種，少則等個三、四年，多則待上五、六年。朋友們都是業餘的興趣，小資小本，雖有熱情，也禁不起一年幾十萬養樹空轉的承租費，臨門一腳，急踩煞車，也只好就此作罷。

「如果能做，桶頭的那片茶園，還有一間充當工寮的老屋，能讓他棲身躲債啊。」因緣錯失，亦無可奈何。平海大哥語帶惋惜的說。

即使所有資產已被抵押掉，有家歸不得，落到流蕩公園、身無長物的地步，阿樋仍然一直相信自己可以靠做茶力搏翻身。平海大哥曾私下詢問製茶的老師傅：「魏先生的工夫究竟如何？」老師傅說，他不錯，功力確實是有的，但空有一身作茶的知識、本領，卻心境難安，定不下來，所以還差上一分「定力」。然而，輾轉搖擺，流離失所的浮動生活，要如何穩中求「定」呢？八八風災那年，阿樋胃結石住院，風災路斷，回不了山，找上平海大哥，才協助帶往消防局安置，風災後，在樂野的臨時屋住了兩年，竟是近年少見，過得最平安穩實的一段時日。風災的摧折，讓許多家庭屋毀人亡，生離死別，卻爲阿樋帶來短暫安穩的歲月。幸與不幸，何其難量？

至於，茶室這邊拿回來的F16，因爲過程、緣由教她傷心，這茶就被打入冷宮，封藏起來。過了很久我才知道，最初，林老師給這茶寄望的名字，細緻美麗，原是「八掌溪的細聲話」。

今日回望，那已是七年前的往事：她執著於成就一番文化，盼能廣邀賢達，四處串連，爲八掌溪寫詩、寫歌、寫音樂，辦甜根子草文藝季，到溪邊去，往秋風中、沙洲上擺茶席；因爲對一條河流的愛，滿腔理想遍及周邊，希望做一款專屬的紀念茶，所以四處尋尋覓覓，思念期望，要一處野放的茶園，乾淨地把茶做起來，匯集一切高規格的美好心意，用一杯茶，對朋友、夥伴、賓客，對所有願來傾聽故事的人，娓娓訴說她心中屬於八掌溪的悄悄話。

然而，世事豈能盡如人意？愛深時，執念亦深，側重於單方面的幻想、期許與冀望，和事實的真相全貌，或許本有落差，更遑論後續發展的諸般違逆。自做茶起，多少煩擾雜沓，人情物事，種種耽誤、遷延、變調、將就、曲解……各人皆有各人的難處，善的開始，不一定就能演繹出合心適意的過程和結果。也許大家的心底，勉爲其難，和茶一樣，或多或少，都覺得有哪裡是受委屈的。後來，溪畔茶席，她也沒心思再介紹這茶，眾人分杯飲畢，草草收拾完後，就此散去。

還留著的最後一點茶，她自己收起，更不願多提，就這麼放過了許多年。

至於當初做茶的魏先生，平海大哥說，已經很久沒聯絡了，幾年前還曾經在門外出現，那時見著，請他幫忙做點臨時工、算點小錢吃上一頓飯，談起近況，似乎仍是浮浪無根，飄搖不定。

「……明明，是個靦腆老實的好人。」講起時，平海大哥亦自唏噓。

落難中做成的F16，多年之後，老師總算也慢慢對它重啓心房，逐漸關注、疼愛，接受正視起來。她對這款茶的稱呼，也漸漸從「F16」自嘲自謔的戲稱，慢慢正名回原本「八掌溪的細聲話」。說來有些感慨，想成就一條河流美學的理想願望雖然窒礙難行，化爲甕底茶葉的「細聲話」，熬過幾年，卻細細實實轉出了蜜氣、蘭香，也算是終得人疼，妾身分明了。又野茶野放，極爲厚實耐泡，有天夜裡，我們喝到第二十泡，茶味雖然終於轉淡，還是蘭香依舊，細甜可口。我說，這番「細聲話」由濃至淡，說得這麼久、這麼長，竟還精神不減，該改名叫「傳奇」了。

可不是嗎？先天錯期，後天粗採，一款茶落難成這樣，還能有這等好滋味，著實難得不易。「八掌溪的細聲話」天時、地利、人和俱失，諸般不調，卻仍能在多年之後，讓我們爲它折服讚嘆。可見魏先生的工夫確實不錯，而這茶的本質也極好

——那樣森木蓊鬱，遺世獨立的一片荒棄野茶，想必蘊育得出強健豐厚的茶質、地氣，莫非鍾毓靈秀，終不可奪？

「粗服亂頭，不掩國色」，這一壺野放的茶葉，即便遭到各種失格的對待，厚韻生香，終究為自己證明了什麼。只是，我也不免胡思亂想：倘若這場「細聲話」，當年沒有颱風攪局，能趁朵朵芽頭，細工嫩採；復得製茶師心無旁騖，專一手作，今朝今夕，又該有何等生動氣韻？

茶落難，還有後韻轉沉，強勁茶香透出塵封的一天，心落難、人落難呢？幾文錢能逼死一條漢，《水滸傳》的阮小七曾拍著頸項說：「**這腔熱血，只要賣與識貨的！**」然而因緣錯逆，命運捉弄，世事總多翻覆，假如空有滿腔熱血，一身本事，偏偏時運不濟，縱有識貨的願伸出援手，買賣也終究不成呢？

這世上，多少「心有餘」，就有多少「力不足」。

天道循環，因果難明，時、命、運的集匯作用，推移演變，那些冥冥不可捉摸，隱匿於蒼蒼之中的複雜軌跡，以及我們窮究個人一生，極盡心血、願望、能力所能到達的極致——道路有多長，初衷能支撐多遠，甘願不回頭的付出、承載能有多重，心靈潰壞、人生崩毀的極限在何處，那片不可打破的天花板高度究竟到哪裡，司馬遷所謂的「究天人之際」，何其難也。

也許，我們終究只能問自己違不違心、後不後悔，雖然這仍舊太過奢侈；有些人單單為了活下去，連違不違心的選擇權都未曾有。

提得起的，未必放得下。在人生的一團迷霧中，握在手裡最後的線團起自何由、通往何方？所有無從解釋，頑固堅持的動機和緣由，捫心自問，也僅有自己最清楚透徹。那些最細聲、最安靜，所有夜闌人靜的悄悄話，也許都是寂寞到底，只能訴給自己聽的真心話。一款野放烏龍茶，歷經波折，從「F16」等成「細聲話」，穿透了阿樋師的製茶之夢，以及她的八掌溪之夢。人世悠悠，得、失、離、合之後，如今在茶室裡，她靜靜握著一杯茶，如同握住十年記憶，握住了呢喃在蘭香中的「八掌溪的細聲話」，以及淡淡漫吟的茶之前世，一首她寫過的同名詩歌：

八掌溪的溪水一直走
一直走……
走來仆佇阮的耳空邊
恬恬仔倚佇阮的身軀邊
你才會當知影
知影阮欲共你講啥物

八掌溪溪埔的風一直走
一直走……
走來仆佇阮的耳空邊
目睭瞌瞌，頭殼犁犁
你才會當知影
知影阮欲共你講啥物

菅芒花開甲滿溪埔
風雨中搖搖動動
搖來，動去，你咧想啥物
八掌溪銀色的菅芒花

追日

追日，是一款即興即景，別有趣味的茶。

林老師有位朋友，新租了一片山坡地，發心立意，想做有機茶園。這坡地原已荒廢七、八年，上有十來棵參差茶樹，估計是從前人家種的，茶園既廢，茶樹亦死，惟賸十幾株存活下來，自生自長，日久遂成野放。

朋友約她一同去看看這片地，也尋些製茶有關的建議。地點在梅山太興，海拔一千公尺，下午一點左右上山，一路快行，到山上已逾兩點半。榛莽之中，但見那十來棵茶樹，參差錯落，雜隱在荒煙漫草間，二人竟不避刮擦，逕入無路叢中摘採起來。

三點動工，採完茶將近四點，日照時間早已不足；朋友開車下山，坡地在東，行車一路向西，轎車裡，她爲了追趕逐漸偏斜西落的陽光，扶展開布，將茶菁攤曬在前座，抓住粗布兩角，儘可能伸長雙臂，兜起採來的野生茶菁，覷著光線，像太陽能板般調整角度，沿途捉捕最後的日光萎凋。

這就是茶名「追日」由來。

因茶樹散落野生，披荊斬棘、摘採不易，茶菁只得二兩；再經後製得冷凍茶，只有四泡的量。茶量本已過少，水氣不足，兼之事屬匆忙，未起炭火，只得用平底鍋將就炒菁，炒出的茶葉因此略成過焦，所以「追日」一茶，便帶上標誌鮮明的焦火味。

不知是否名曰「追日」，註下這茶要跟夸父一樣焚心焦體的命運？因故事有趣，「追日」炒焦後幾天，采翊姐、君修從台中下來，趁新鮮，我們就從冷凍庫裡請出「追日」一試。

湯前香委實有趣！從壺口一氣聞上，漸次是蜜甜味、草葉香、焦油氣，三層氣味涇渭分明，層次顯然，性格強烈無比。我將壺遞給君修，他一吸嗅，立時亮眼挑眉，脫口而出：「這茶像蔡老師！」

蔡老師，說的是嘉義大學的蔡渭水老師，其時剛辭副校長，功成身退，離職未久；爲人豪爽重情，亦是此間茶友。蔡師是老菸槍，即便前來品茶，半途也需退席來上一根，再愜然沾帶滿身煙氣回返。「追日」茶的焦油味，教君修所想無他，一念便是昔日恩師。

嗅覺的記憶何等有趣，靈光一閃間，總能將過往心頭的人、事、物翩然浮串，剎那相通。夸父，追日，蔡老師……這茶確實有些串連起諸人諸事，名副其實的共聯性：冷凍茶的鮮烈芬芳、擴散滿口的濃苦化甜、如影隨形的焦油辛香，還有一陣層層轉強的勁揚回甘。盛夏野放茶的爽健性格，在這壺帶焦火味的鮮茶中，執拗不屈地表現出來。

這款茶，我們喝得熱鬧興奮。老師說，要將此茶再冠上蔡老師的名號，稱「渭水追日」茶，並將最後一泡留待予他。

寫這篇文章時，我卻總最想起，她敘述採返下山，轎車前座展布攤茶、急迎日影，沿彎路逐日光下行的克難萎凋。商隱詩說「從來繫日乏長繩」，爲了這一點子茶葉，與時、光競逐賽走的景況，真乃癡人奇事。身家性命，全神所繫：一點點、一寸寸日落西山，光陰移轉的速度，除了夸父，大概要算這焦火追日茶最是知道。又思李賀〈苦晝短〉：**飛光飛光，勸爾一杯酒。吾不識青天高，黃地厚，唯見月寒日暖，來煎人壽……**

我們沒有秦皇武帝「**服黃金、吞白玉**」，妄求長生不死的痴妄追求，也沒有李長吉「**斬龍足、嚼龍肉**」，欲干預宇宙，勒止時光飛逝的叛逆異想，只願安安靜靜地守著衷心所愛之人，看日升月落、寒來暑往，在煙花落盡，長日將熄之前，共享一杯澄靜溫暖的茶，就已是人間最足貪惜的福份。

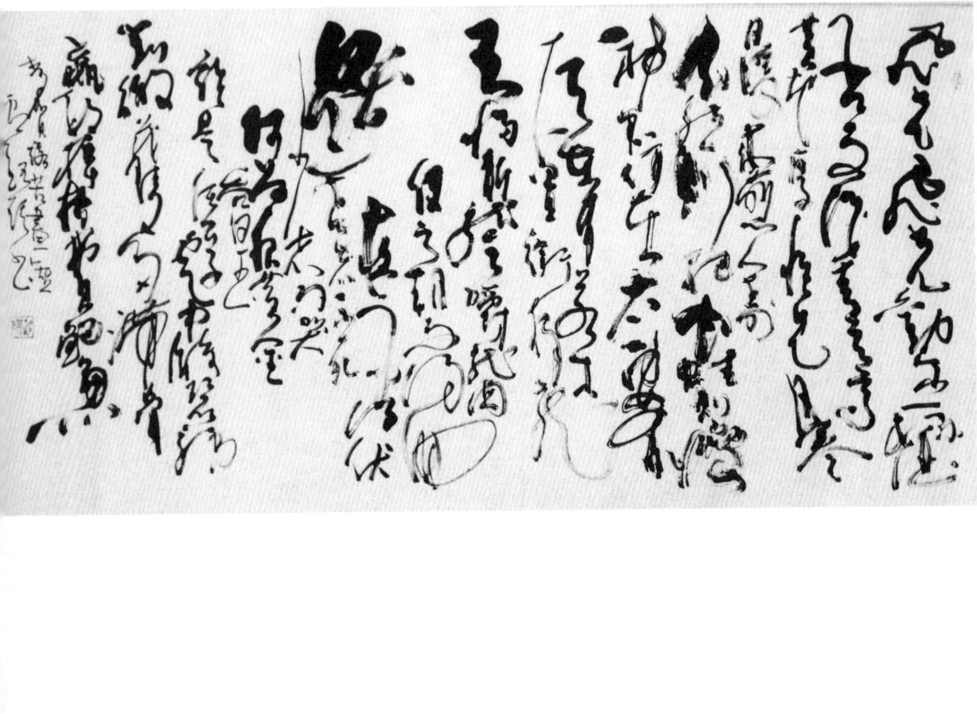

飛光飛光，勸爾一杯酒。吾不識青天高，黃地厚，惟見月寒日暖，來煎人壽。食熊則肥，食蛙則瘦。神君何在？太一安有？天東有若木，下置銜燭龍。吾將斬龍足，嚼龍肉，使之朝不得回，夜不得伏，自然老者不死，少者不哭。何為服黃金，吞白玉？誰是任公子，雲中騎碧驢？劉徹茂陵多滯骨，嬴政梓棺費鮑魚。

——李賀〈苦晝短〉

追日後記

二個多月後，時已入秋，蔡老師從維也納回來，我們總算湊上時間，在茶室共飲「追日」。

從冷凍室取出的追日，打開一看，冷氣四散的細霜冰霧裡，葉片顏色新鮮碧綠，仍如當日初採模樣。一壺泡下，更令人新奇詫異——先前，那標誌鮮明強烈的焦油味，竟不見了，只剩下極淡極細的一縷煙焙氣，渺若遊絲，細細辨尋時，偶爾還能在若隱若現中追溯得出。

取而代之的，是一股幽美清甜的蘭香、野薑花主調，顯著地發散在微苦的茶湯裡，甜美芳香，縈繞久發，好不動人。

以茶伴話，蔡老師一席高談闊論後，離開茶室，過幾天又要往內蒙去。能者多勞，談笑間，運籌決斷、千里奔波，總似都是習慣了的事。會後收拾殘席，正好「追日」剩的量比預想的多，幾片葉子，還能湊成一泡，剛好再留著冷凍回去，等君修來，嚐嚐這性情大改，「戒了菸」、多了幽蘭淑女氣的追日。

十月底，君修從台中特意下來，品最後的一點「追日」。這茶確實如邀約電話裡所預告的，從了良，戒了菸，去了焦火氣，但茶味又轉變了：夏日的花香伏去，繼而張揚起熟潤的綠豆香、薏仁香；柔美清爽的回甘，從聚於舌尖的涼氣不斷湧起，泡得淺時，茶湯清甜；泡得濃時，滿口鮮發的苦甜甘美，令人回想起盛夏映綠滿室的涼碧——「綠滿窗前草不除」，接連喝下幾杯杯底蕩綠的「追日」，口中心頭滿是鮮意，實在過癮。但無論濃泡、淡嘗，這趟才轉化出來的獨特綠豆香，一直繫於茶湯，成為此次茶飲的主調，頗有幾分龍井茶的韻致，唯又比龍井厚實許多。

憑印象說那茶味，我覺得，像細細撒滿綠豆粉的新港芭蕉飴。一杯茶喝著，同時有了茶飲和茶點，「二合一」包裝，滿足口腹之慾，豈不簡便極了？

依老師言，追日茶鮮爽的美味，在香氣、甜味和澀味三者的巧妙平衡，而事茶掌握的重點就在水溫。兒茶素是導致茶湯苦澀的成份，在高溫中容易釋出，若水溫太高，茶湯則易偏苦；至於造成甜味的茶氨酸，低溫亦可釋出，故以略降涼的水溫沖泡「追日」，使甘、苦二味調和相宜，遂相得益彰，各成好處。

一款茶手作起來，自有到無，總共喝成四泡，扣掉最初她和山坡主人做好即試的一泡，三次細品，每次的氣味都各自不同，從焦油、到花氣、至豆穀香，風味鮮明迴異，修成了三種脾氣。

時、日、月、年，飛光如流水，於人生柳暗花明的陰影處，一勾溜就急流轉去。終有人等在茶室裡。等生命中美好的緣份如候鳥來去，等一段段的故事生滅起落、串串勾連，等茶香如人、如心，依時自在轉化，各成境況。

思凡戲，思凡茶

崑曲裡，有一折戲叫「思凡」，是頗見功夫的獨角戲，大段的戲，身段優美繁複、連舞連唱，情狀迭出，一氣做表，幾無停頓的空間，極考驗演員的能耐與修爲。戲行裡有一句話，「男怕夜奔，女怕思凡」，說的就是這份上。

這折戲，寫得也奇，小尼姑趙色空，因生來病弱，又有一雙虔心向佛的父母，自小就被送入仙桃庵，青燈古佛，修行度日。直長到二八年華，如花少女青春正熾，一日師父不在，留她獨守尼庵，趙色空耐不住寂寞，自剖心跡，對人間的情愛因緣愈想愈羨、愈惱愈急，從發愁苦悶到焦思如焚，終至下定決心扯破袈裟，出逃下山去也。

從前在大學參加崑曲社，有機會看了好幾場的「思凡」。按劇意、詞譜來看，角色形象應該是光青頭皮，身穿尼衣的一名年輕小尼姑，且唱腔身段，都強調了她被強迫落髮，僅能掩盡玲瓏，穿著泯滅性別差異、樸素僧服的忿怨委屈：「**小尼姑年方二八，正青春被師父削去了頭髮**」，「**奴本是女嬌娥，又不是男兒漢，為何腰繫黃條，身穿直綴？**」——戲裡寫是這樣寫，台上為了扮相，卻總是濃油重彩，簪紅插翠，旦角貼片子、梳大頭，一襲光鮮亮麗的道姑巾、水田衣，嫵媚甜妍，可沒有一絲黯淡。固然是為了舞台效果，觀眾演員，誰不愛看美呢？比起出家人單色長袍的僧尼模樣，一個明豔豔的脂粉佳人，只見青春不見苦淡，嬌嗔婉轉地唱著耐不了清修、鬧著還俗的話，雖少了些對比張力，如此一來，這不合情境的超現實處，美得荒誕，倒也淡去許多控訴禮教、自我解放的反抗色彩。

食色性也，人之大欲，色空的獨白唱詞，是一連串天生人性赤裸裸的思考辯證，過程中不斷反覆說服、自我強化，不唯直白大膽，更可視作離經叛道：

……怎能夠成就了姻緣，就死在閻王殿前，由他把那碓來舂，鋸來解，把磨來挨，放在油鍋裡去炸，啊呀由他！只見那活人受罪，哪曾見死鬼帶枷？啊呀由他！火燒眉毛，且顧眼下；火燒眉毛，且顧眼下。

從低迴訴怨到心魂激盪，告別滿迴廊的羅漢塑像，她唱：

哪裡有天下園林樹木佛？哪裡有枝枝葉葉光明佛？哪裡有江湖兩岸流沙佛？哪裡有八千四萬彌陀佛？從今去把鐘樓佛殿遠離卻，下山去，尋一個年少哥哥。憑他打我罵我，說我笑我，一心不願成佛，不念彌陀般若波羅！

多強烈鮮明的主張啊。每次讀，我都為這甘犯奇諱，毫不掩飾的意志感到近乎憐懼的嘆息。像一道熱烈堅決的閃電，心甘情願就往萬丈紅塵裡打，縱是一頭昏，也要昏得明白徹底、奮不顧身。她不見得是對的，但她敢於自辨，敢於選擇，敢於為自我發聲，斬釘截鐵，氣拔山河。他人的答案永遠無法代表自己。且不論是非對錯、普世價值，活過半生一世，某朝某夕，案前燈下，總也得秤著自己的心問上一問：活著究竟想要什麼？寧可冒多大的險，放棄多少物事，去追求衷心嚮往之所在？

嘆今生誰捨誰收，終要憑自己做一回主。

真實承認，進而忠於自身的存在與渴望，違抗整個世界也好，推翻生存至今的價值也罷，從心靈、情感到容貌裝飾，裡裡外外、身心一致，從今爾後，不再掩藏的面目，不再壓抑的自我。我想起迪士尼動畫《冰雪奇緣》紅遍全球的主題曲「Let it go」，何其動人的表白，在雪地上，在禪堂裡，在紅紅綠綠，百般浮沉的大千世界。

不知是否算得上一種福份？〈思凡〉的色空與《紅樓》的妙玉，兩名在紙本上同樣活得躍然鮮明、稀罕獨特，亦同樣頗受爭議的女子，同為被迫出家，本非一心向佛：趙色空小門小戶，平民出身，沒有妙玉生於官家仕宦閨秀的修養矜持、聰慧刁鑽的細密心竅、隱晦未寫明的家族世譜，面對「欲潔何曾潔，云空未必空」的複雜矛盾，少了牽涉深廣的為難考量，倒是活脫脫的民間本色，明白單純，直接坦率，心一橫，就刀山油鍋皆可去得。

林老師也有一款茶，名喚「思凡」，自是性格鮮明，嬌媚外放的一道美人。

這茶是二〇一三年芒種做的，那年的著涎漂亮，蜜氣特別明顯，一批新茶剛做好，她取一片茶乾一吃，齒間一碎，就因那掩蓋不了的香氣定名「思凡」。

就如閩南名菜「佛跳牆」的傳名一樣，罈開葷香，撲鼻過鄰，連佛聞了都要翻牆——茶喚「思凡」，是要天上的神仙嘗了這茶，也要羨慕人間有美如此，尋香動念，竟甘願爲此茶捨棄仙籍、散盡修爲，寧下凡間一親芳澤之意。

「思凡」做好的頭一年，雖是新茶，就已有芬芳清香的水蜜桃氣、玫瑰香，甜美活潑，十分嫵媚。我記得，有一晚飲「思凡」，清夜裡，小杯小盞，那按捺不住，一團嬌媚的花果香，實在肖似印象裡舞台上青春盛粧的趙色空，癡嗔甜笑，坐立難安，流動在眼角眉梢的百般媚態……那麼年輕，泛溢，淺盈的美。

這麼一款活色生香的茶，美是美極，當時我卻沒很喜歡，覺得甜美有餘、深度不足，花香蒸流的茶湯，太過顯揚，總覺不夠成熟，過於輕浮了些。

然後，鋁袋裡的「思凡」就沒再開封過，留它安安靜靜、暗裡面壁，不見天日的自修行去。沒日沒夜，就這麼又過了將近一年的時間。

今年秋初，欣怡南下找我，中秋節前，好友相聚，連續住了幾天才過足話癮。老師也喜歡她甜蜜聰慧，我們就兩人一起去茶室作客，訂好日子，規規矩矩地預約了一席茶。涼夜敞廳，聊得正融洽，主人忽然起身，就去翻箱倒櫃，默不作聲找出了「思凡」。她將茶葉撥入茶則，挑出幾片置於小瓷碟上，遞了過來，要我和欣怡一人拿一片，且這次不讓細細含嘗，吩咐必須「立即咬碎」。

我們半信半疑，依言照做，果不其然，在葉碎齒間的那一刹，立時香綻而出，葉香、糖香、花氣迸碎齊發，好不迷人！

這會兒興致都被勾起來了：一片葉如此，一壺葉何如？熱水注下，美人「思凡」獨挑大樑，真真正正是當晚的重頭主戲。沒想到，一年不見，昔日輕佻甜美的小尼姑，竟修得整齊穩重，有了「道行」可恃：茶色深醇，茶湯豐厚，一口下去，根、莖、花、葉、果各種香氣，從花果香、木質調到根蔘味，融合齊匯，似一段結滿鮮果的花枝，錦繡繁華，豔質滿載。

比起去年，愈轉成熟的「思凡」，多了根、莖味支持原有的甜花果香，補足了深度與厚度，一洗香浮之氣，變得豐盈圓熟，如同春芽慢長成秋枝，深深實實，開展出一片金紅燦爛的秋陽大地。

我們不禁感動起來。林老師握著杯子，嘆氣道：「我一輩子，就在等這樣的一泡茶。」

莫非真能有茶，能讓凡人沉醉、神仙思凡？假如真有，和這晚的「思凡」比之，又是什麼景況呢？同款同名，茶修成了這個樣子，趙色空出了寺、下了山，遇見她口中欣羨揣想的「冤家」，歷盡情愛紛擾，俗世幾番打滾後，是否也終能心甘情願，有業緣完善、性德圓滿，一身清淨拈花微笑之日？

欣怡回新竹後，隔週，我和老師又試比了一次「思凡」。

二試「思凡」，採取的不是一般熱沖，而是溫泡：以煮開後降到四十度左右的泉水，低溫沖浸，首泡足足浸上十分鐘。因茶葉以低溫沖泡，愈能萃出花香、果氣一類輕揚的香氣。說好等十分鐘，師徒兩個都忍受不住，才挨過五分鐘，就先動手動腳，一人各倒了小半杯偷嘗。淺淺的一口，茶味淡薄，但滿溢的輕盈花香，甜蜜芬芳，竟如一池的落花水面，蕩漾繽紛。

於是不敢再多斟，互相約束，規規矩矩地按錶計時；這壺等足十分鐘的「思凡」，有了更驚人的表現：茶湯的味道濃了，除了底層深濃的蜜糖味、柑橘調，源源的花果香似滿漲的潮水，如絲綢滑順、若湧泉浮冒，竟層層續發，波濤不絕……

我們都安靜了，讓茶湯自己說話。

真像席慕蓉在〈請柬〉中的那幾行詩：「我們去看煙火好嗎／去　去看那／繁花之中如何再生繁花／夢境之上如何再現夢境」。這一向是我喜歡的句子、鍾愛的意象：無窮盡的再現與再生，像一則永遠不做完的輕盈美夢。只是，從來沒想過，怎會在一泡茶中尋到幾句詩的變異還魂，溫泡的「思凡」，活生生地憑那漫流往復的層層香潮，以一杯茶，演繹了繁花之中再生繁花、夢境之上再現夢境的迷離幻想，芳華若夢……

從「思凡」奇花漫流的夢醒來後，事至如今，偶然回味那蒸馥，我想起林老師，想著她一雙將美人引渡成仙、作出芳華的手，以及做起茶來固執獨守的路子。

茶確實是她的「思凡」。像趙色空打定主意冒險出離，奔逃下山，無例可循地去走自己的路，死活甘願去闖一遭自己的人生；她做茶也是這樣的，按著心，本著份，老老實實，誠懇無欺，不受任何既定思維影響，不循業界慣常的道路，不討好、不妥協，不動搖，甚至也不聽勸；不為了任何人修改，獨斷獨行，只為貫徹初衷與所學，實踐自己對茶的承諾。

茶是她的「思凡」，伴著她，驗著她，呼應著她，是自我的面對、夢想的寄託、修行的考較；是她的一部經、一炷香、一盞燈，是滾滾紅塵裡，須彌山下遷流三世的一張蒲團。

六月飛白

這是一款實驗性質，清淺無韻的茶。不藏底蘊，卻自有其來歷原由。

二〇一三年的七月底，農曆六月，連日雨瀑，茶區下了好一陣子雨，水氣過盛，雨後茶樹大量冒出徒長枝，放晴後，農家預備要將其剪除。明知這批枝芽快速生長，茶質不豐，必定無甚滋味、只宜作棄，徒然生長的芽葉，林老師偏偏不願徒然以對，逕自要試它一次。

她的實證精神極強，想到什麼說法、作法要驗證，意思一吐，興頭一勾，幾有些「不到黃河心不死」的地步，是沒有人攔得住的。別人說這茶不能做，她也心知肚明，但非得要身體力行，親手實作過一次，才能嚐其滋味，知其徹底——不單單在知識層面上腦袋知道，還要口中知道、身體知道；望其「淡薄」，也要親口嘗出是怎麼個淡、怎麼個薄，明白是什麼氣味景況，方纔罷手甘心。

茶園的阿婆勸解無效，也就放任依舊，由得她去。於是，旁人棄之不顧的茶菁，就任她自採了去，同樣盡心盡力，工法不減的做成了「六月飛白」。

這茶光望茶乾，就知道品質遠差正季的美人許多。粗而不豐，黯淡無彩，芽尖的白毫稀少，只有零星數點，稀疏冷落地散布其中。取名「六月飛白」，和竇娥六月雪的冤案毫無關聯，指的也就是這麼一點點稀微的白毫，孤零零地，淺淺飛白於雨後的徒長枝，少得可憐，如北地春午，臨日窗前將近融盡的殘雪微霜。

試著沖泡看看，茶湯明透，一眼可盡，喝起來的確單純通透，氣味淺淡，兩、三泡後就沒有滋味了。但有趣的是，這茶真是「乾淨」到骨子裡去——茶室裡私作的茶，其實沒有不乾淨的，因她有癡心、有潔癖，做得又極少量，手作茶第一就務必完整乾淨。採來的茶菁入她手下，茶質豐厚的，表現起來各呈個性，丰姿別具；

換作這批徒長枝，芽葉薄弱無養分，做起來竟單單就把「乾淨」二字通通徹徹貫達了始終。

說它乾淨，實在不是普通的乾淨。美人喝了要回甘，回香，回韻甚至回氣，口中芳馥飽滿、陣陣吐香，「六月飛白」無深味、無複香，光有吹彈可破的水感，真是如玻璃般通透簡單。不惟如此，它更把茶葉「去油解膩」一效發揮得淋漓盡致，茶湯一過，口腔竟被滌蕩得如大雨洗地一般，明明淨淨、清潔溜溜，不光無香無甘，連一點點異氣雜味也不留。

一般茶喝了解異氣，去油膩，但實在沒喝過清除得這麼到家的茶。仔細想想，口中還真沒有如此徹底乾淨過，茶有茶香，菜飯有好滋味，瓜果有瓜果香，就連刷牙也會有淡淡牙膏涼氣，無論好味道、壞味道，舌齒之間，哪曾真正無味無臭至此？我們笑說沒有比「六月飛白」更適合飯後清口的了。

幾天後，接近中秋，陽台上架網子烤起香腸：一等的美味，是山豬肉、高粱酒、辛肉桂，山上的原住民學生親手灌的獨家特製腸。炭火紋煙，烤好的美香腸，又是鮮大蒜、又是海尼根，大啖過後一試此茶，還真的同樣洗淨強效，一杯下去，異味全無。

老師笑稱，這茶沒讀什麼書，無處可品，不堪回味，若將美人比做大家閨秀，它就是個年紀輕輕的村姑。我倒爲六月飛白不平，嗔她早知如此，何必當初？做之前就知道是無滋無味的徒長枝了啊。前人種了芭蕉，又怨芭蕉，她是巴巴的拿雨後的茶菁做茶去，養了村姑，又怨村姑。

喝著喝著，細細體會這由口入喉，通暢爽淨的茶，也尋著那唇齒喉舌間毫不沾滯的觸感，我霍然一覺，說這真是「不生不滅，不垢不淨，不增不減」了，她大笑，接著「是故空中無色，無受想行識，無眼耳鼻舌身意……」地續下去，半部《心經》，雖是歪理歪說，料想觀音菩薩慈量無邊，大約不會跟我們計較的。

可不是嗎？比起那些活色生香的美人茶，六月飛白不苦澀，未生香，滑順空暢，不沾不帶，實在是無色、聲、香、味、觸、法。

予此茶一簡評，正曰：極清極淨，通透如水晶。負云：無姿無韻，一口落肚裡，最宜烤肉後，品茶前，可作教學試驗茶、樣本比較茶、去油解膩茶……其實，嘗多了豐姿熟韻，須得仔細探訪推敲、耐人尋味的茶，偶爾能夠不被她設局考較，輕輕鬆鬆，腦中放獃地暢飲一杯六月飛白，倒也令人愉快。只是不花心思、不費麻煩，卻也就不惹人相思相憶，眷戀渴望。茶豈非如人，終須有情共歷，豐質厚心，才可苦盡成甘，長久相與？

林老師雖曾笑它村姑，也惜它清淨無爲。「茶乃水中至清之味」，後一遭，她秋夜獨飲六月飛白，少了我一旁貪嘴胡說、喧鬧分神，靜品細思，竟也恍惚覺得「此等清淡，方屬生活真味」，恰能清心度日，淡泊迎秋。由此觀之，取這爲人所棄的徒長茶菁耗力一回，終非徒然耶？

徒長枝的雨後美人，試後已知根柢，約莫也是只此一款，不會再做了。

若曦

這是二〇一三年，霜降時候做的茶。

茶做成半個月後，十一月中，我在茶室，和林老師試品了這款半發酵的新茶。那時，我初來乍到，隨她學茶未久，老師囑我試泡，新手新茶，什麼都是戒慎恐懼、小心翼翼的，就怕一個毛手毛腳，讓手作的青茶斯文掃地。

記得當時，溫壺後，不甚熟練、扎手綁腳地搖起湯前香——因是新茶，如陽光般顯明的草香味是主調，間帶生潤淡美的花香、蜜氣。好在茶香本色，並未為我的生疏所誤；我至今仍能依稀追想那清爽中帶甘甜的芬芳，雖未盡圓熟，卻自有一番屬於新茶生秀的清新。

那青茶，聞之有幽細的蘭香，淡淡滋味中，喝來隱隱透著深涵內斂的花香，尾韻微苦，化作清悠長遠的回甘。由於太清細、太含斂了，那回香，很有些仙宮秘苑之類的意韻，不知奇香何處藏、何處來？但首沖時表現幽淡的新茶，泡得濃時，放涼飲之，茶湯竟變成強烈的蔘味主調，在鮮苦中轉爲深厚持續的回甘，如一份愈追究，愈沉遠的心意。

「若曦」，林老師說，是爲了家人所作。這霜降茶做成以前，家中排行最小的妹妹往市場不慎跌傷，剛動過手術且需要長時間的復健。因此，她在日漸高起，陽光瀰漫的晨間採茶，心中掛念家人，意及於茶，便定其爲「若曦」，盼望妹妹能身體如朝陽，漸暖漸強、日益健旺，也願茶氣如晨曦，能溫暖平順，安撫身心。

這款茶，製量極少，當初只做了六、七兩，共分兩包，一包自留，一包給了術後的小妹，解茶渴外，更作祝福。

將近一年的時間，茶剩到最後一點，人的傷也大好了，雖然還不至於健步如飛，但已能行走如常，站得挺直。聽說老師妹妹那兒的茶，「鴨寮內底無隔暝的蚯蚓」，老早就喝得精光，只有茶室這裡，箱底藏著，還留下最後的一些。

今年初秋，連日陰沉，一個陰霾有雨的下午，茶室裡尋出剩下最後一泡的「若曦」。少少的一撮茶葉，因是最末，略有些細碎，置茶量也比平常減得多，但茶葉乾香已不似去年青澀，而是濃濃的熟果芬芳；遇熱逼出的湯前香更是濃郁，隨蒸氣直透而上的，竟是以百香果爲主的果蜜香調，還滲帶一絲微微的涼氣。

熱湯澆下，出水執杯，那滋味教我們都舒了一口氣。如此甜美的茶湯，該如何多尋呢？那奇異濃美的香甜味，馥郁甜蜜、熱帶水果熟透了的滋味，讓我一直感到熟悉、卻又一時指認不出；一邊忙享茶香，一邊在心底比對感官的記憶，總覺得明明是很親切明白的風味，搜盡枯腸，偏偏就想不起來，教人心中梗著，老不痛快。

第二泡時，嘗下比首沖更濃的一口，我終於靈光一閃，找到了味覺資料庫裡的答案——是釋迦！我脫口而出，老師先一愣，繼而點頭同意：正是釋迦沒錯！茶葉怎會有釋迦的香氣呢？但這濃甜到不由分說、獨特芳郁的氣味，分明是釋迦無誤啊。於是喝得樂甜甜地，我為總算核檢成功，破解了味覺記憶的關卡而樂；她則為手作茶獨特未有的轉香、以及魯鈍學生終也辨出了滋味而喜。

最後一泡的「若曦」，教她喝得不成樣子，好端端一個茶人，被這茶湯歡喜得亂七八糟，等不及回沖續泡，得意忘形地歪著身，一邊「茶茶茶」地亂喊、一邊叩著杯底敲響桌面要茶。好多泡之後，茶味淡了，但那香甜的滋味，還一再蘊蓄潛生、拋浮而出，「桃花依舊笑春風」，何其令人歡喜眷戀。那時，已近傍晚，原來陰沉無光的天氣，二樓陽台外，竟隨著茶興的張揚，一會轉得明亮起來，隨著她亂叩杯底篤篤的節奏，外頭也答答響應，叮叮咚咚，霎時一陣陣落下了太陽雨。

一共三十六片葉子。這麼少的茶葉，這樣好的滋味，我把倒出的茶餘一一點數，芽尖不算，一心二葉，算做二片，通共也才三十六片茶葉。這泡茶餘，因是這款茶最後的尾聲了，我捨不得它和旁的葉底混雜一起，遂央老師留下，陽台上獨自風乾了，待隔天再打包帶走。

離開茶室時，太陽雨已停，空氣很乾淨，整條路面的柏油被洗得黑亮，夕陽出了，金澄澄的暮光，如絲般披漾在水亮黑金的道路上。晚風涼爽，我們站在茶室藍漆的老木門前，往西是落日，朝東望，是晴朗時才眺見的遠遠山色。

我牽著腳踏車，她站在門前，兩頭望著這夕景，默然感受，小半晌才捨得走。

若曦若曦，果真是陽光寵眷的名字，最後一泡的青茶「若曦」，臨到盡時，竟逢引出好幾天不見的晚晴，金雨和陽，將踏熟的街巷映成了尋常不見的輝煌。境隨茶轉，莫若於此吧。

雲在青天水在壺

聽說，那是一個晴朗無雲、清澈明亮的好天氣，在二〇一三年白露那天。

林老師想做白露茶，挑了節氣當日，帶著學生在北埔採茶。清晨起來，天空原還有一些薄雲，茶園間也堆滿霧氣，但隨著日漸高起，氣溫升高，天更明亮，接近中午時，萬里晴空，竟像所有的水氣都蒸散似的，連一片雲也沒有了。

綠油油的茶樹間，幾個人忙著採茶，挨著赤烈烈的太陽，都曬得有點昏悶無奈。學生不禁問：「老師，雲到哪裡去了？」她手裡摘茶，口中且說：「剪下來做茶去了。」大家覺得好玩，說那就做剪雲茶吧——隨口漫應，就這麼答出了青茶「翦雲」。

翦雲還是新茶，才兩三個月的時候，我大約剛到茶室不久。那時的翦雲，清甜溫潤，喝起來是撲鼻的蔘香、草青味，一點點的花香，如和風草原一般，三、四泡後，則轉爲漸濃漸顯的蔗香，十足的甜味，能在最末幾泡持續好久。中學庸老師也喝過翦雲，謂之爲「抒情女高音的詠嘆調」。記得那陣子，我通共喝到翦雲兩次：在茶室裡喝過一次、在嘉大溫室裡辦過茶會一次，之後，這款茶就留起來了，要等它氣味轉化，讓新茶的青稚之氣漸次脫去。

到了次年秋天，她不知哪來的念頭，想拿翦雲來試試混茶。混茶是一門專門的學問，英國人喝紅茶，原有拼配茶的傳統，有專業訓練的調茶師，爲尋求並確保茶湯香氣、口感、色澤的穩定輸出，將幾種茶葉依比例混在一起，箇中牽涉到許多細微的調整、挑選與平衡，像一般熟悉的英式早餐茶，就是阿薩姆、錫蘭、肯亞三種茶葉的混合，以達到醇郁飽滿、湯色深亮的效果。

但林老師這手混茶，隨興所至，大概沒有仔細較量得太多，只是興致來了試它一把：打開翦雲，倒出茶乾，加入半袋的青心烏龍，攪散了，裝回鋁袋封口，搖一搖晃得均勻，就成了。我聽到時差點昏倒，直嚷著萬萬不可，但生米已成熟飯，望著一袋混了茶的翦雲，心疼惋惜，也只能徒呼荷荷，無力回天。

記得那天剛到茶室，她笑得神神秘秘，說：「我們來喝翦雲。」未及歡喜，她即又補上一句：「是混過的翦雲。」然後，就迫不及待，指手畫腳地說了許多過程：如何上課時與學生談到調和茶、如何尋思動念、如何立時開了翦雲湊上青心烏龍……我越聽越錯愕，有些不以爲然，只覺得怎能把珍貴的手作茶輕易拿來支應這麼欠缺思量的實驗？但無奈中也稀罕有趣：她明明是老師，能和你談易經、說論語，能談瓶花古琴、詩詞燈謎，能板起臉來教訓學生，但聊起混茶的神情，那股拿自家茶來玩的興奮感、好奇勁，卻怎麼看，都像足了貪玩衝動，永遠精力充沛、鬼點子十足，攔也攔不住的十歲孩童。

而茶就是她的秘密基地，像我們許多人童年時欣羨望想過，卻從未真正建起來的秘密樹屋。這些年累積下來，茶已是她爲自己追尋、搭築，預備能鑽上一輩子的變形樹屋，總能激起無限熱情、揮灑任意想像，是無止盡的大冒險，浩瀚無垠如宇宙的大樂園。一片茶園，一方茶甕，就似一座蘊藏無限可能、星光夢想的無憂島，在與現實打交道，耗費權衡考量，付出許多複雜沉重的成年代價之後，回到茶的世界，在這其中，有一部分的她，能不計得失，忘棄所有世俗牽扯，輕易敲動喜悅的和弦，保有最初的純真與憧憬，如同永不長大的彼得潘，聽著不生鏽的清澈鈴聲，撥弄茶葉如劃出一道繁星的河流。

我們終究喝了混茶的翦雲。

「像江南絲竹混入了銅管」，我說。

她只是咂咂嘴，眨眨眼，皺起鼻頭給了一個鬼臉般淘氣的笑。

幾天後，在茶室，晚上無事，我拿了翦雲倒在茶則，托著腮拿茶針一片片慢條斯理地撥，一邊玩，一邊學著認：兩種混成的茶乾裡，外型細枝小葉，較爲纖弱秀致的，是台茶一號的翦雲；略為粗梗寬葉，相形之下大手大腳的，是阿里山的青心烏龍。撥著辨識著，原先只是好玩無聊，後來漸漸認真起來，決心把混成一鋁袋的茶再次分開。

她看我取來茶則、碟盞，借著昏暗燈光，正襟危坐，將兩種茶葉排揀分邊，不禁好笑，說這混茶本是喬太守亂點鴛鴦譜，原已作成緣分，二茶相混，已經你中有我、我中有你，你儂我儂，再也分不清的，我偏要棒打鴛鴦兩處飛，壞人姻緣，教已成一塊的再拆作兩處。

——喬太守那時或許不大方便自由，但現在時代不同了，就算結了婚，雙方個性實在不合，總還有個法庭制度能訴請離婚吧。我拿話亂應，頭也不抬，手裡繼續撥撥劃劃，一逕作業下去。她發現我不是玩玩，是真打算要把茶葉區隔分開，哭笑不得，忙勸我別作白工：「茶裝在一起，氣味已經混雜，分開也沒用了」，我回答沒關係，仍自一枚一葉地撥揀，心想，縱使白費力氣，就當是對翦雲盡一份心罷，莫教絲竹清幽久混了銅管喧騰，終久不得安寧。

我一邊忙著揀茶，一邊想起采翊姐家的「昀采」。翦雲當初做成，除了茶室這裡留的，大半的茶，都收在采翊姐的茶倉之中，那邊的翦雲，改了名字叫「昀采」，因女主人昔日皈依，取得的法名便是「昀采」。

「昀」字的本意是日光，天上的雲剪下了，日光少了遮蔽，就能直照無礙，遍放光采。無雲天裡，日光下散發清香的茶樹——「翦雲」二字化作「昀采」，清朗溫暖，既應了主人的號，又記著當天的景；我暗忖，大約，也蘊藏了老師盼望朋友一生晴日，平安莊嚴的諸般祝福。

改名豈非真能改運？可憐這裡的翦雲，遭人家胡亂作媒，采翊姐家的異名姊妹，被千呵護萬呵護，百般珍愛地藏在貼封條的小甕裡，肯定是不必遭此混茶之劫的吧？

茶葉總算分成了兩袋。雖然於事無補，好歹心中告慰，也算是平平安安了。

又過了一個多月，終於，在一個清爽的良夜，喝到其他包未曾混過，身家清白、氣味純正的青茶翦雲。

那時，接近秋分，連日下了好多的雨，一整個下午，我在家裡等如幕的雨水翩降，心想著待會兒能不能出門，直到天黑，水勢漸收，看晚風撩著微飄的雨絲，細細微微，像崑曲裡唱的「雨絲風片」，才踏上腳踏車往茶室去。

當天不知爲何，一早起，已鬧了半天頭痛，到茶室時還昏沉沉地，就先挨著林老師問了專治微恙小症、通氣顯著的午時茶，一壺下去，果然頭痛大減，精神好了，人也清明起來，晃晃腦袋，只剩下一絲隱隱的悶痛，猶頑固地蟄伏在內，雖無大礙，偏也抽拔不掉。

而那天的水，格外的好，因老師望連日大雨，下午又連降了幾個小時，空中的雜塵多半洗淨，早已備好兩隻桶子放在庭中，接了滿罐清澈新鮮的雨水，預備晚上煮茶用。

雨水，即「天泉」也，聽聞最重生活細節、審美情趣的明人以天水煮茶，多有講究，其中四時雨水，秋雨澄明磊落，烹茶最佳，次爲梅雨，春雨再次之，而夏雨多暴，混混滾滾，品質是爲最下。這條評註，聽是聽說過，但真正取了雨水喝茶，於我卻是前未曾有的事。

……那水真好喝，甘甜新鮮，活性十足，含在口中都覺得活跳跳的，天上賜泉，即日的雨水，勝在現接現煮的新鮮活潑，竟比遠道運下來的山泉水要好。我到現在，都還記得一口白水嘗下，那登時眉開眼笑、喜出望外的好滋味。

她看我將午時茶喝完，人好上許多，就招我一同出去晚餐，回過頭再好好細品一款茶。師生倆一邊收拾著，她一邊問：「等一下要喝什麼茶？」

「都好啊。」我摸不清楚狀況，隨口回答。

「今天晚上的茶給妳挑，妳想想看喝什麼合適。」

「……老師，我剛剛頭痛已經點了午時茶、不能再點別的啦。」我滿頭滿手搖著，只覺得剛剛才喫了剩量稀少的午時茶，且平日素來是她拿什麼、我喝什麼，一近茶香已是便宜，不過客隨主便，欣然領杯而已，怎好意思再指指點點、任意下單？未免太奢侈過份。

她瞧我給不出答案、套不得話，默然了好半晌，瞅我一眼，忽然冒出一句：「不然等下回來喝翦雲。」

「好哇。」我喜孜孜地應了，有翦雲喝，哪裡不好呢？

才轉過頭去收包包，忽然靈光一閃，衝口而出：「老師！喝翦雲正好呢，今天用的是雨水，雨是從雲裡降下來的嘛，這麼一來，不就是翦雲水喝翦雲茶嗎？」

她大笑：「總算開竅，及格了！所以才讓妳挑，這是考試啊，剛剛一直擔心妳想不到答案，要是等到茶都泡完還要說明，就沒意思，寧可不說了！」

原來，從她下午望著天接雨水開始，就已打定主意，滿心期盼，要用「翦雲水」試「翦雲茶」，順便設了考題來測測我這貪嘴學生。

怎麼喝個茶也要被挖坑跳？我頓覺如坐針氈，一邊哇哇叫，一邊抗議一邊慶幸：好在乍時不知哪來的靈感，天外忽然飛來一筆，解了這道隨堂機關，否則回來喝茶，豈不渾渾噩噩、呆然坐著，一臉寫個「蠢」字，要被她在心底大搖其頭，連番嘆息？

匆匆忙往外覓食，各推著腳踏車一路繼續討論，心都雙雙繫在櫃子裡的翦雲。於是草草用餐完畢，回茶室直上二樓，把空間打理得乾乾淨淨，收拾出一席清爽，才烹水以待佳茗。

新鮮雨水沖泡的翦雲，果真好喝。清清細細的蘭香、瓜果香，忍冬一類的白花香，清爽中帶著正要盛開的豐富，淡中吐氣，由隱至顯，我們靜靜啜飲，專心品茗，尋幽訪勝一般，推求那吹彈可破、彷彿包在一層水膜裡呼之欲出的幽香，跟隨暗中浮動的氣味一路索引，恍然間，竟覺得自己像誤入桃花源的武陵人，緣溪行，忘路之遠近……又似竹林夜行，走在一片森森蕭蕭的篁影中，一轉出，見片月微明，水泉滴溜……

而茶氣綿邈，如行太極，細細綿綿，周流不斷，竟如體內溫泉，一會兒，就讓我們全身蒸然烘暖，整個人舒散放鬆，而我頭中一直隱隱存在、午時茶拔除不了的最後一絲悶痛，也在不知不覺中煙消雲散；再過幾巡，茶喝到後來，連四肢百骸都似骨頭化去一般，坐也坐不住，遂隨手併過席邊的榻榻米墊，一個歪倒、一個躺平，精神雖極好卻呵欠連連，只覺得無比鬆醒，卻渾身懶洋洋地，好像喝的並不是茶，而是被誰加持過的藥引。

一時間，彷彿週遭的空氣、氛圍，都變化得有些不同。我們相看一眼，心中異樣，疑疑惑惑：「祖師爺是不是來了？」歪橫的兩人連忙撐直起身，多取一杯，仔細斟了茶，恭恭謹謹地列在席首，各自合十默禱。

事後，老師和我都不可思議，怎麼好好一個翦雲，喝茶喝到怪力亂神起來？

然而，那晚的茶，確實「天機完整」。這場絕妙和諧，收於玄奇的品茶經驗，一期一會，無論在我涉獵淺少的喝茶資歷，或她豐富無數的閱茶人生中，都成爲數一數二，不可複製重現的殊勝因緣。

禪宗有一段公案，唐朝刺史李翺因久慕藥山禪師之名，尋至山中拜見，禪師卻對他淡然冷漠，在松下逕自讀經，置若罔聞。李翺不曾受人冷落，一氣之下憤道：「見面不如聞名。」欲拂袖離去之際，禪師反問他：「因何貴耳賤目？」李翺心中一動，肅然請問：「如何是道？」禪師伸手指指上、指指下，口占一言：「雲在青天水在瓶。」李翺茅塞頓開，立有所悟，遂頂禮作偈一首：「**練得身形似鶴形，千株松下兩函經。我來問道無餘說，雲在青天水在瓶。**」

一直喜歡這句話：「雲在青天水在瓶」，空間遼闊、明確簡單的七個字，青白二色的乾淨配置，一雲一瓶，遙相迴映，兩個端點在瞬間對應聯結，直透出天地中一種簡淨平衡、和諧安定的美感，逐字念著，油然就生出一股說不出的穩妥信任，肯定安心。「道」無處不在，在山川，在宇宙，在鳥獸，在男女，在一片蝴蝶的展翅、一隻蒼蠅的複眼，在一根松針，一方石案，在青天的雲，瓶中的水。而雲與水分別以兩種不同的形體展示，看似相離相異，其實本質如一，雖然一在天、一在地，卻出自同源，本無分別。就像生靈萬物，俱有佛性，一切眾生皆具如來智慧德相，明心即可見性，而那與生俱來、根本可見的「佛性」，就是一切存在共通同有的本質，終究平等，沒有差別。

從李翺訪藥山禪師的那天，已經一千多年過去了，如今我們盛貯了雨水喝翦雲——翦雲水，翦雲茶，水桶裡剪了雲下來是水，茶園中剪了雲下來作茶，「雲在青天水在壺」，這樣一壺葉與水，同樣源源本本、取之自然，匯集了某些天地間清淨自成的靈氣，冥冥裡多蒙護佑的福緣。假如當天，曾喝出什麼不可再現的天機、電光石火的領悟、深渺悠遠的因緣，那定然都是上天所賜的亮光，偶一得之，就足以照亮人生中許多晦澀黯淡、漫漫無明的日子吧。

悠游

輯三

煙淡雨初晴

飲事數則

忍冬水

忍冬，又名金銀花，初開白花，後轉爲黃，其花清香芳冽，又可入藥，是一般可見的常綠植物。

取一只一千毫升的玻璃瓶，置入五、六朵新開潔白的忍冬花，注滿冷開水，冰箱冷藏，最快二至三小時後，即可飲用。

忍冬水喝起來，幽香冷冽，清甜縈蕩，滿口的透涼寒氣，夏夜飲之，最是舒爽。

茉莉水雖能如法炮製，但氣味過於嬌媚；若作冷飲，相較於茉莉略帶粉香的濃郁，忍冬清幽，更勝一籌。

這冷飲，看上去也舒服。水瓶裡，靜靜沉落的白忍冬，纖長秀挺的蕊柱靜疊托舉，如幾隻白玉蝶，依偎結伴，冷潭底芳魂睡去，像一則凝止的夏夜，又清涼，又美好。曾以忍冬花整朵凍入水格，製成冰塊，清香不若鮮飲，但晶瑩剔透，折光稜稜，如鑲嵌琉璃，另成妙處。

昔日，林老師曾以忍冬水手洗野生愛玉，在夏日製成涼品，捧給祖師爺品嚐。忍冬愛玉不另加糖，單以清冽花香取勝，嫩滑消暑，據聞頗得祖師爺喜愛。

蜜金香

蜜金香，是花粉調製出來的飲料：先將烏龍春茶冷泡，泡開之後，加入花粉一大匙、蜂蜜一大匙，拌勻攪散，即可趁涼飲用。

以冷泡春茶提花粉，風味豐腴滋潤、層次鮮明，冷泡烏龍的甘醇茶底，調和了花粉、蜂蜜的厚重甜膩，使蜜甜中帶鮮爽，濃郁中帶輕盈，既養生，又好喝；而拌勻濃泡的花粉蜜茶，顏色金黃飽滿，介於梔子黃、鬱金色之間，如不透光的油彩，故稱「蜜金香」。

「蜜金香」三字，是我取的。這飲料原是前年，趁著詩集出版，在茶室辦過一場朗讀會，承蒙主人悉心張羅，除了幾款茶品之外，還另行趕配出來的特調。詩集名稱「海生月」，林老師說，她心目中海上的月光，大潮洶湧，滿月初昇，灑落的月光不是蒼白，而是天水一方光滑如奶的蜜色——所以才選了花粉，要甜甜如蜜地調出自己心中靜謐的月色。

朗詩會過後，茶室相聚，這款滋補香甜的花粉茶飲，日常仍偶爾飲用。有時，我自己在家，晚起沒有胃口，早餐吃不下，只去溫泡一杯蜜金香，濃濃喝下，倒也就感覺充實了。

美人清酒

美人清酒，是以清酒冷泡東方美人的飲品。

這款入酒之茶，作法十分簡易，唯風味、層次佳劣如何，全憑材料本質豐淡：取三克的茶葉，對上三百毫升的日本清酒，將茶乾浸於酒中，在冰箱靜置五到六個小時，放到清酒已讓茶色染深，茶香亦已釋出，便可試飲一嘗。

茶酒芬芳，醉心不醉人，這款特備的飲料，是茶室裡待客迎賓的佳釀。美人茶的宛轉細緻，與清酒微醺的酒香渲染相融，意外地協調和順；清雅溫醇的清酒基底，慢慢溶萃出茶葉蘊藏的花香、蜜氣，入口柔順，氣味豐盈，極適合冰鎮品嚐。若作溫熱飲，以炭爐上溫過的清酒沖泡美人，則香氣更揚，但茶、酒間密貼融合的協調度不如冷泡。

從前初識，第一次於茶室夜聚後，沒幾天，老師便邀了秋日出遊，往八掌溪畔擺席。沙洲上，秋風裡，她用自己手作的美人茶，浸以學生精選日本米、玉山泉水釀成的清酒，銀壺分裝，盛在攜去的小錫杯裡，灩灩捧飲，讓夕照的記憶都帶上了酒香。

梅花普洱

梅花普洱，是年年冬天，至少會喝上一次的應時茶飲。

以寬口茶碗喝普洱，純品過三、四泡後，取一朵枝上新鮮的初開梅花，淺盤裡清水養著，再以茶針或茶匙輕巧地由下緣側挑點起，將梅花斜斜簪送入茶湯表面：整朵梅花完好無缺，飄浮茶上，茶湯深釅，梅瓣瑩白，經茶湯高溫一激，梅花遇熱散發出淡淡的杏仁香，茶碗湊近，格外撲鼻，細細啜飲，普洱厚韻搭上梅香清揚，別具一番風致。

而隨著梅花在茶湯上旋浮，皎白的梅瓣漸漸吃水，慢慢不成顏色，花體終於轉成半透明，最後沉蕩杯底，一朵梅花冰肌盡化、僅餘玉骨，只賸下初始的花形，勾勒出肌理、輪廓，如同一點幽幽的印子，抹在杯底成了淡淡的痕跡。

彷彿是這朵花活過最後的餘情。我總喜歡凝視杯底最後隱約不死的梅痕，茶都冷了，捨不得將最後一口喝盡。

荷葉水，荷葉老茶

荷葉水，是摘一片不曾落藥、施肥，乾淨無毒的有機荷葉，洗乾淨直接折入壺中，爐上燒水滾開，就煮成淡淡碧色，清新甘冽的荷葉水。曬乾的荷葉亦可，但味道淡斂沉悶許多，遠不如現摘的荷片鮮烈活潑、青綠可愛。

旅程中，曾在迷迷濛濛的夏日清晨，起早了，困倦朦朧，荷葉水喝下，濃苦鮮香，甘爽清烈，一口落腹，登時整個人由裡到外，徹底清醒起來。

取荷葉水煮茶，另成鮮趣。荷葉水的甘味太過強烈衝人，清香型的茶抵擋不了，唯有年份夠久、陳韻夠厚的老茶，以其深釅濃重，能壓得住腳。第一次隨林老師喝荷葉老茶，是她帶著的陳年老烏龍，茶韻沉而荷香鮮，確實豐美異常。老普洱濃濃煮起，大碗熱飲，甘厚舒爽，味又更佳。

荷葉茶、荷葉水的作法和原料都很單純，本是十分容易的。但煮茶要求清正純粹，一點點混淆的雜味都沒有——竟難在找一片天然原味，徹底乾淨的荷葉。不只沒有農藥，連肥料都未曾下過的。

草盆裡，龍抬頭

茶室裡，長木桌上，終年總佈著幾枝花草，有時是友人贈的蘭花，有時是君修送的玫瑰——都是些珍希的品種；尋常些的，折些野花野草，像環繞成串的倒地鈴、山上攀採來的一碗紫珠，隨手佈置，亦多野趣。應景應節，則有櫻、梅、菖蒲、水仙……

但最常見的，是一盆自己種的含羞草。

含羞草的傳統，是從祖師爺那裡傳承來的。不知爲何，卉卉草草之中，祖師爺獨鍾含羞草，定居石牌那些年，不只自宅庭院種有幾株，茶席邊上，亦長年放著一盆瘦小纖巧的含羞草。老師自少隨祖師爺習茶，漫長歲月，週復一週，含羞草翩然生長的姿態，就跟著老人家談茶的寡言要語一起，眼見耳聽，刻印入她的心中。

祖師爺喜歡含羞草，將豆科的草本植物盆景似地養著，精心呵護，竟從不教它匍匐落地。他曾說，「即便是弱質，也要有松柏之姿」，幾盆含羞草日常打理，盤枝、扶持，不肯用鉛線鐵絲支拗，只去揀些線條優美，天然分岔「Y」字形的細梅枝豎在盆中，將初時坍塌細軟的草莖叉架起來。如此，漸漸將身邊的含羞草種出了骨氣、精神，一株株都有了姿態，可賞可玩，可觀可思。

他說，學茶的人，要像會低頭的含羞草一樣，能知恥、懂怕羞，兢兢危危，端嚴謹慎，更擁有一顆善體善察，敏銳易感，可堪觸動、舒卷的心。門庭中，亦曾發「人不如草」之嘆。含羞草儼然成爲茶席上的典範了。

林老師從前亦學插花，因此，每次至祖師爺處，除了洒掃庭除，更幫著照顧室內室外的含羞草。几案上，園盆中，修修剪剪，安插佈置，祖師爺一旁瞧著，也就放心讓她去弄。

這一弄，就弄到了今日。

如今，在她自己的茶室，也養著三盆纖細窈窕，各具丰姿的含羞草。最得寵愛，也最常擺在長桌上的一株，是她去八掌溪，下到沙洲，從一叢搖曳的甜根子草底下挖回來的。養到第三年的含羞草，種在一只素面原色，圓柱形的陶盆中，莖部已經木質化，她日日到茶室，就先澆水、理葉，挪出室外擻上牆頭曬曬太陽；有時瓶插的玫瑰、茶花謝了，她收了落花落瓣，或喝剩了猶帶光澤的美人葉底，就將香瓣潤葉往盆裡根邊擱，「化作盆泥更護草」。國益送了一袋未打磨的粗碎水晶柱來，她也當鵝卵石般鋪在盆中，與含羞草相爲伴。

更甚者，茶喝到尾巴，末幾泡成了淡茶，小杯斟了，也給含羞草餵上一杯——若是不夠好、不夠乾淨的茶，她還不肯給含羞草吃。

有次，我又在茶室看她餵含羞草吃茶，看得有趣，心底也偷偷有些發噱。老師似乎察覺，笑得靦然，我問她什麼時候開始餵含羞草茶的，原來，從好久以前，幫祖師爺整理院子時就有了。

「……祖師爺以前看到就笑，說我是痴心的孩子。」她說；不期然，彷彿瞬間又回到昔年學茶的石牌舊院，早已不存在的故居裡，歲月閑靜，某一個安穩清和的日子，侍奉尊長，茶事已畢，高高興興的蹲在地上給含羞草澆茶。

我想，她以前是痴心的孩子，如今是痴心的長輩。物是人非，從青春到中年，祖師爺雖不在了，她的痴心，竟仍一點不改，在茶面前，還是那個挑著茶餵給含羞草的天真女子。

這盆含羞草，承蒙主人的照顧、情意，果真長成了祖師爺期盼的「松柏之姿」。

平時無事，多任它自由生長，但興致一來，心情有了，她就依當下靈感修枝剪葉，或彎或折，賦予含羞草不同姿態。一年之中，有時月月到茶室，「草樣子」十天就換過一次。當著新芽生長快速的春夏，尤其如此。暑季裡，這是多清爽的閒日記憶：戶外明亮，室內陰涼，往二樓，落地門窗大敞，好風陣陣，清茶潤潤，茶席邊隨性而坐，悠然持杯，抬頭賞看變化萬千的盆草：如松，如叢，如坡，如壁；或危峭，或清寂，或豐盈，或矯健；有時尖聳欲飛，有時低迴下探，似靈蛇出洞、水袖拋迴……

寫這篇文章前幾天，適逢「二月二，龍抬頭」，農曆上，是春季雨水漸多，萬物蒼蒼然動搖勃生的日子。她趁這天去剪頭髮，挑在同個好日，也給含羞草理新枝。現在的一盆，三條主莖結於根處，交叉撐靠，然後向上延伸開散：二枝約六寸長，一高一低，往後成環抱之勢，如虛懷幽洞；一枝約十寸長，向前平遞而出，蜿蜒靈巧，左右抬揚，如遊龍探首，風來時，枝首微微掀顫，羽葉凜凜吹招，前後繞著覷瞧，好看極了。

祖師爺的含羞草，一身記著的是「知恥」；這裡的含羞草，默默多了一分意味，提醒著柔軟、謙卑和低頭。對人謙卑，對世謙卑，對茶謙卑——真正喝過好茶的人一定知道，在一泡底蘊無窮、丰韻高妙，甚至能通神明的好茶面前，喟讚以外，不唯喜之不盡，況且要嗟嘆歌詠之不足——人怎能不敬畏，怎能不謙卑？

在他人面前又如何不謙卑。假如我們能真正在幾片草葉，幾杯水前低頭。

好茶，茶，與不怎麼樣的茶。形形色色，可愛與不可愛，各懷美善、各擁缺陷，同時掙扎在醜陋與崇高之間的人們。也許終歸要回到眾生平等吧，對誰都能真心地謙卑的時候，盡掩差異，像一株含羞草輕巧自在地把頭垂斂。

不過，日子久了，在知恥、怕羞、謙卑等嚴肅的發想之外，對著一盆翠葉秀枝，我更常惦記起：老師說，祖師爺曾庭前獨坐，對著他養得小松樹般的含羞草，低回出神，念「揀盡寒枝不肯棲」句。

誰見幽人獨往來？漫長時光，清冷的異鄉如寂寞沙洲，或許是含羞草，最寸步不離地陪伴了老人家的禪茶歲月。

不單單作為茶席上惕心警世的曉諭植物，也不僅是盆景般地栽培賞玩而已；長年跟在祖師爺身邊種草，回憶起，她說，祖師爺還在意含羞草一點，就是能觸碰，能互動，有立即性的反應……像生來就有靈性，能通人情、曉回應一般。

其實，是當寵物般疼愛，養著的。

祖師爺很喜歡玩含羞草，總會伸出手去，和葉片逗弄一番，輕手碰闔那些纖麗文秀的羽葉，再慢慢等它們漸次甦醒，一次一次，一盆一盆；就連到野外，看到含羞草也都要趨近前去，叢叢片片，孜孜地撥玩那些葉子。

我想起愛貓的朋友逗著貓的樣子；想起學生來上課，幾張臉貼在圓圓的玻璃缸前，在水草間，盯著金魚吹泡泡的煥然面容；想起童年時的自己和妹妹，那個看到含羞草還會興奮、會跳，會哇哇叫地衝過去的年紀；想起那些許許多多天真無邪，專注發亮的眼神……但更深沉地，想起了課堂上給學生講過的周夢蝶詩〈寂寞〉：

我趺坐著
看了看岸上的我自己
再看看投映在水裏的
醒然一笑
把一根斷枯的柳枝
在沒一絲破綻的水面上
著意點畫著「人」字——
一個，兩個，三個……

寫在水上一個又一個陪著自己的「人」字，碰在指邊一片又一片回應自己的含羞草葉。剎時，一在水邊，一在庭中，兩位簡淡，清癯，同樣孤寡同樣深情的老者形象，彷彿一瞬間，在含羞草雙雙對對、層層合攏的羽狀複葉中，錯置重疊了。

夏日最後的玫瑰

夏日將盡，假期的尾巴，我和欣怡從茶室離開前，老師叫住我們，給了一小罐藥瓶子大小的蜜釀美人。

舉高了看，玻璃瓶裡的茶乾，沾裹著一層薄薄的蜂蜜，從條索茶蜷曲搭連的交疊弧度上，能看見透明冬蜜折射出的微微反光。

「是『寶玉』，」她說：「前幾天在家裡找到的，做好後忘掉了，所以才留到現在。」總是這樣的，抒音老師手上，若有什麼留得下來，不是一開始就立意存茶、嚴貼封條；就是忘掉藏在哪裡，不知收在哪櫥哪櫃，無意無心，到了本人都完全記不得的地步，才逃得過饕饕眾口，免於被瓜分、吃盡的命運。

手作美人「寶玉」是我最愛的，早已喝光，沒想到當初茶做好，她竟撥了一份去做蜜釀，整罐的甜美人吃得將盡時，又移情別戀貪上別的茶，過後忙中有忘，一年裡擱住了，才將這點子蜜茶留到現在。找到時，罐子裡只剩下淺淺一層了；老師笑稱，想起我沒喝過，所以留下一泡的量，讓我和欣怡帶回一同試試。

這是最後的了。我們如獲至寶，捧著一小瓶蜜釀寶玉回家，找了只清淨無味的空玻璃瓶，輕手輕腳將蜜裹的茶乾一片片挑入，再細細注入淨水冷泡。兩眼望著，手裡挾著，我覺得自己已足夠謹慎小心，欣怡在一旁留神，幫忙扶住水瓶的她，竟比仔細動作的我還要痴心，連聲叮嚀起：「輕一點，不然茶葉會痛。」

聽這話，我沒回答她，心底有點不可置信的啼笑皆非：「**莫說相公痴，更有痴似相公者。**」比我傻的人，茶室裡坐著一個，這兒又尋到一個呢。

茶浸著了。密封的玻璃瓶中，葉片逐漸舒展，小小的氣泡，葉裡藏綴著幾顆銀色珠露，冷水開始淡淡染出了顏色。

我望著，心中響起旋律，愛爾蘭民謠〈夏日最後的玫瑰〉，那麼真摯、鮮明，輕柔篤實的甜美哀傷，讓一顆心低垂滿載，既悠悠惚惚，又無比清醒：

Tis the last rose of summer,
Left blooming alone;
All her lovely companions
Are faded and gone.

同批同梯的茶葉，早已無侶無伴。正季的芒種美人「寶玉」，第一次應邀去茶室時，夜裡初次冷泡嘗過；嘉大溫室辦一席茶宴用過；幾回細膩瑣碎的美好機緣，日常在長桌邊專注品過。茶葉膽量一次減似一次，存「寶玉」那一個小小的茶倉，銀茄暗赭、橢圓飽滿的罐身，兩手剛好包覆，無數次我合掌捧著，握在手心，屏息凝神細細聞那甜蜜幽芳的乾香……如今這一小瓶冷浸的蜜釀寶玉，就是最後的回音，最末的餘芳了。

後來我思念那滋味，拿老師專門監製，半機械作的美人茶，依詢問來的大概比例，自己倒出半包茶葉，澆淋上適量蜂蜜，一齊封進原先裝蜜餞、後來洗空了的玻璃罐中，等著自釀蜜漬美人喝。爲了讓蜂蜜均勻沾黏上每片茶葉，需要經常攪拌，又不宜伸長筷子進去，怕翻動時拌碎了茶乾，只好將罐子顛顛倒倒、翻來覆去，讓瓶中沉蜜慢淹慢流，多方漬上。守著一罐蜜美人，一心管顧，每日睡前關燈，就記得將罐身斜挪側擺、換過方向；經旁取物時，眼角餘光若無意間瞥到，也頻頻過去轉動它一把。監製茶葉做蜜釀，所需的時間不如手作茶久，如此翻覆，大約三個來月，便已能開罐取用。

監製茶的蜜釀美人，溫泡雖可，冷泡最佳，熱泡則蜂蜜溶得太過快、顯，和葉片中花果香的釋出速度協調不上，可惜了細緻委婉的美人香。我試過將開水放涼後溫泡過一次，仍不如冷泡慢萃的香氣好。這點蜜美人，因只做了小半罐，我吃得也小氣，自己沒事時是不捨得吃的。有次，奶奶給了我兩口四盎司的迷你果醬罐，洗淨曬乾後，正好拿來分裝：條索狀的蜜釀美人，一果醬罐參差裝滿，約作一次冷泡的量；外出旅遊時，旅館裡一隻礦泉水瓶，五、六分滿的水，對上一小罐的蜜茶葉，冷放一下午或一晚上，滋味芳香濃郁，喝起來最是宜心。

小罐分裝攜帶方便，冷浸開來，兩個人一齊品嚐，份量合適舒服，要比獨飲有趣。這些日子以來，帶出門去，我和妹妹喝過、和阿姨喝過、和好友喝過、和伴侶喝過，驀然覺得，那晶瑩光亮，無稜剔透的玻璃瓶裡裝的，不是一小撮一小撮過了蜜的美人，而是小份小份的愛，封釀保留著，溫實甜蜜，要與生命中最美好的人分享。

老師有時笑我太小氣，監製茶不似手作量少，拿去做美人蜜釀，儘可多蜜幾罐，就能大大方方每日喝它，不必連此也省。只是，我偏偏岔著想起，到明年，監製茶還可以多做幾斤，蜜釀的寶玉，卻再也不會有了。

監製的美人好喝，既屬監製，處處環節皆依她的設想、要求做成，總不至差到哪邊上去，但終究與手作茶不可相提並論，和思凡、寶玉等仙凡有別，不在同一個等級。當日喝的蜜釀「寶玉」，冷泡起來，竟是茶香壓倒蜜香，清幽芳馥，蜂蜜的甜味伏作較弱的底層，而花香、果氣、美人茶自帶的蜜氣，漾漾地滿浮杯口之上，絕妙細緻，如深泉源源不絕，幻化無窮。

蜜釀寶玉，如果是僅得一次的仙緣，監製茶就似柴米夫妻，能長相與共，平凡度日。每每開罐冷泡，細啜一口，我都不由自主地在監製茶的氣味中，瞬間想起蜜釀寶玉最終回的一縷妙香。如此幾次，覺察當下不禁自哂：在可追尋之對象身上，眷戀投射，追求不可得之反照遺映，豈不像源氏，畢生浮沉，不過在眾多女子之中孜孜尋找藤壺的一點幻影？

再嬌美，再多情，美好的東西終究消失，終成亡佚。古人以春花傷此意，我不曾感時惜花，卻因爲意外喜得，匆匆復盡的最後一點蜜釀「寶玉」，忽然有了一份美好消逝的真心傷感。

然而，儘管如此，那最後一點的清甜幽香，仍久久在我心中，甜美憂傷，如夏日最後一朵玫瑰。

茶餘打包客

我在茶室厮混的日子，偶而當真無事，竟從下午到晚上，消磨去大半天時間，伴茶論書，說說停停，總共喝去兩、三款茶。有些茶我特別喜歡，又還未泡得盡，離去時，林老師總以玻璃小瓶裝盛予我，讓我回去再浸一壺冷泡，冰箱貯放，隔日凝著餘香冰飲，還可約略回味。

有一回，我陪友人到北投散心，聯床夜話，預定了一宿行程。老師知道，特意讓我帶去一泡「皓月」，希望能因它「天心月圓」般的茶性，撫慰心思，引作舒懷。我自攜杯壺，將這份珍貴的禮物與朋友共享，五、六泡中，真如華枝春滿，層層是不同的香、韻，然後不捨得再泡，兩個女子貪戀那猶如月露桂葉香的茶，將沖過六泡的茶葉，全裝入一支不到三百毫升的玻璃瓶，入水冰著，隔日再喝，冷瓶中的茶色如蜜澄琥珀，竟凝萃出類似桂皮、荔枝的清鮮香氣，好不迷人。我和朋友立時眉開眼笑，因「皓月」又多展了一次眉。

說起來，茶最好喝、最精華、最完整的氣味，應當還是在初下熱湯的前幾泡，拿泡剩的葉底再去浸，弱韻殘香，無異於狗尾續貂。但我貪愛茶味，在茶室做過幾次狗尾續貂的勾當，倒也續出幾分興趣，樂於此茶家不爲之道。或作玩笑話講，就算喝不出原本的豐質美韻，只當作喝開水，賺到幾分淡淡茶香，原也不虧；有時茶質刻意留得較多，像北投一晚的「皓月」，再冷浸後，繁複鮮香凝斂迸發，竟半點不輸熱沖，一口嚐下，更獲驚喜——卻是何樂而不爲？

林老師對我這個「泡了又浸」、「茶餘回收」的勾當，一直未表異議，總是慈愛寬容，頗爲放縱成全。後來才知道，原來昔日在祖師爺處，年輕的她也做過和我一樣的事，「狗尾續貂」四個字，就是當年祖師爺笑著賜她的話。

祖師爺喝茶，求的是正色、正味，泡茶往往以三泡爲盡，只喝頭三泡，三沖之後就不再喝，正是：「一、二爲品，三爲飲，餘後無可嘗處。」

有些極名貴的好茶，即便是得來不易的正岩水仙，一隻小巧的紫砂壺塡入八分滿的茶乾，沸湯淋壺，濃厚的茶湯釃釃喝下，任是濃醇滋味，同樣過三泡後，就不再飲。祖師爺的茶都有來歷，喝某某茶，必得出自某某地、某某坑，爲某某人所採、某某人所製，清楚明白，不容有半點差池。那些身家分明，各有名目、來頭的茶，三泡後旋即作棄，老師可惜，就將茶餘小包小包帶回去，一回到家，便分裝數盒，冰箱冷凍，待要喝時，再從冰櫃取出，解凍醒茶後再喝。

「……明明就還很好喝。」她回憶起當初解凍再喝的茶，彷彿間，還似當年那個年輕女子的神氣，皺著鼻頭半淘氣、半理直，又嗔又愛地，對著記憶裡的自己說。

「祖師爺每次看我打包，都看得搖頭，笑我狗尾續貂。」她想，爲什麼滋味還那麼濃，卻一口也不肯再喝了呢？每每疑問請教，卻總是得到這樣的答覆：「行於所當行，止於所當止。妳喝的是茶飲，我喝的是茶魂。」

後來還曾有一次，她問老人家：「是不是怕見遲暮？」祖師爺沒有回答，只淡淡笑著對她說，「妳不懂。」

時光流逝，角色互換，這一兩年，如今是我暫成了茶餘打包小客，而老師也漸漸體會出當年祖師爺只取菁華的心情。近來，卻是她泡茶、喝茶的習慣，已慢慢往三泡爲盡的路子靠攏。

一晚，接到來電，老師讓我去同她一起喝岩茶，她拿的「牛肉」，是當初從祖師爺藏茶中得來，經某道人之手所製，留到現在已所剩無幾的武夷山牛欄坑肉桂。她依循祖師爺的泡法、置茶量，彷彿要重現當年的氣味，如昔日在石牌課室般，純極正味，濃濃地燜出釅郁的茶湯。

第一泡倒出，她滿懷情感地說：「這就是正統的岩骨花香。」我小心翼翼接過，喝下一口，濃香頓時擴散，向上漫揚，心中驀然閃現晚霞壯闊之色，斑斕雲層如大鵬急張猛開的垂天之翼，瞬間推展出整幅天際的遼闊遠景。這滋味，極清極爽、極濃極郁，口腔反應同時間表現出清高與厚重這兩種極端。而喉管深處不斷吐出回甘、回香，茶氣集中直上，共鳴不絕如清鐘……

接連泡到第四泡。老師囑我留神體會，確實第四泡的茶湯仍濃釅厚強，但偏偏有哪兒減了前三泡一些——就像是一道完整的長長階梯，忽然在中間抽掉了一層，教人拾級而上時踩空一腳。完美與不完美的一線之隔。愈是細心探索，微妙的不足感愈如芒刺在背，那一點點的不對勁，如童話裡二十層床墊、二十張鵝絨被底下壓住的一粒豌豆。明明只偏了一分毫，但確實已有所落差，若以祖師爺究真求極的標準，這神氣稍乏的第四泡茶湯，已非純正無邪的「大中至正」。

「可是還是很好喝。」我脫口而出，瞬間發覺這是從前林老師曾經說過的話。於是恍然大悟，祖師爺只取正色，三泡為盡的堅持；以及當初她留茶打包的愛惜，雙方隔著一杯茶的想法、心思、情感，彷彿在凝視著手持茶杯的瞬間，交織映現了。

「好吧，這次就換妳做『狗尾續貂』吧。」她忽然決定，站起身來。於是，當晚，換我家的冰箱裡，住進了一小瓶罐密封保鮮的「牛肉」。

都云是狗尾續貂，其實真正想續的，與其說是茶湯，何嘗不是爲了杯碗外的情誼呢？「可惜馨香手中故」，只不過，是想讓某些捨不得就此消散的暖香，在瞬息萬變的冷冷世界裡，多縈繞一些時候，多陪伴一段路程。續過之後，雖然確實只賸狗尾了，可是，那是因爲這貂太美好了啊。

我懂得花落偏拾，狗尾續貂的眷戀，心中某處，也潛藏著三泡爲盡，戛然而止的決斷。不管選擇三泡爲盡，抑或寧願狗尾續貂，終究是境隨心轉，一念生相。《傳道書》說：

> 生有時，死有時；栽種有時，收穫有時；殺戮有時，醫治有時；傾毀有時，建造有時；哭有時，笑有時；哀悼有時，歡舞有時；拋棄石頭有時，堆聚石頭有時；懷抱有時，不懷抱有時；得有時，失有時；留守有時，棄捨有時；撕裂有時，縫補有時；靜默有時，言語有時；愛有時，恨有時；戰爭有時，和平亦有時。

萬事有期，天下萬物皆有時，在日月星辰嚴織精編的經緯之錦中，我們的心與知，從靈魂深處驅湧出的選擇與作爲，時而投射，時而報返，何嘗不是亦步亦趨地跟隨某只輪迴的鐘擺，精準無差地依時開，依時謝，或覺醒，或昏沉？面對一壺茶，反映出的魂夢情懷、不同聲調的生之態度，或許終究會在我們身上輪番示現，「盡有時，續亦有時」吧。

影搖紅

常聽林老師說起元宵節的回憶，年復一年，期復一期。

竟如同螞蟻築巢、蜘蛛結網，或者候鳥南飛，依沿著體內某種編碼已定、神秘定向的導航一般；像遵循某種內化了，從精神到身體都統合起來的儀式，只要逢上元宵，點燈、猜字謎、搖元宵，三樣活動於她，缺一不可，無論與何人、在何方，無論是清夜掩門，獨守茶室滿房紅燭；或是熱熱鬧鬧，往某處舉辦茶會眾人行樂，元宵的過節傳統，人多人少，或簡或繁，在她手中，竟從不曾斷過。

百年那一次，和林管處同辦在北門驛，定名「築影搖紅」。

「燭影搖紅」本是詞牌名，宋人王詵有「燭影搖紅向夜闌，乍酒醒，心情懶，尊前誰為唱陽關，離恨天涯遠」句。且不管原詞續寫了多少離恨愁悶，單看這四字，多美，火光煌煌、燭影斑斕，深夜裡，金紅搖映，何等溫馨、迷離，適合一切華美搖曳的心事，適合混雜了寂寞、歡愉，閃閃爍爍色彩豐明的元宵。

取這份盎然的情味，她想，辦一場元宵節慶，勞師動眾，要許多人的努力共同構築而成，遂改「燭」字爲「築」，以紀念眾人付出。

那場茶會，陸陸續續，我聽說了好多：用了什麼花、什麼字；幾百個傳統造型的紙燈籠；砍了許多孟宗竹佈置，白幕爲牆，投映出滿幅淡淡墨痕般，參差搖曳的竹影；在一節節的檜木車廂裡布茶席；其中一席的炭爐沒顧好，一個不慎燒蝕了檜木長椅；她急得要哭，當時的楊處長拍胸脯保證，一口將事情攬下；入夜，與會的來賓劃著火柴，相互點燈，一行人如一列排隊的螢火蟲，提了燈籠，沿長長的鐵道漫走……

還有茶。那年，她爲了燈宴、茶會，至石棹親自採了有機茶菁，只取芽心，手工揉起，做成一款「築影搖紅」。這紅茶共一斤多，分裝成十幾罐，作爲限定茶，大多在茶會間就散光了，林老師自己留的那份，鋁袋裡封著，幾年下來，如今也只剩最後的三、四泡。

終有一次，在一個潮濕溫暖的春夜，文火慢燒的炭爐邊，她拆開了「築影搖紅」的封袋。

……好濃醇的肉桂香啊，鎖著深深蜜甜、淡淡花香的肉桂主調，溫柔厚實，連回香也吐著滿口肉桂氣。出水快時，茶湯的氣味益發柔美靈活，回甘綿久，教人一杯杯地愈喝愈甜。

我凝視著深紅醇亮的湯色，忽聽她說：「這本來不喝，以後要留著跟我陪葬，帶進棺材裡的。」

我一愣，疑是玩笑，抬頭端詳，瞧她那珍惜緬懷的神氣，卻又有幾分認真。

「不過，說到底，茶，總是要喝完的。」

……所以還是一起喝吧。見我默然無語，老師笑著說。

伴著茶，安安靜靜地，聽她細數往事：許多年、好幾遭，來來去去的人事物，如幻化閃滅的燭影，倏長倏消，搖紅在陣陣吹起的回憶之風裡，她細微的神情變化，也似浮著薄薄水光一般，映晃在杯裡深紅澄亮的茶湯表面。有時懷念，有時感動，有時眼睛亮起，有時嘴角低垂，有時興沖沖，有時悵惘惘的。

終有一日，想要帶著一起辭世長眠的，真是茶嗎？想必不是那點兒即將喝完的茶葉，而是一切又一切活過，哭過，笑過，拮据過也豪擲過的回憶吧。

不知怎地，一場鐵道元宵節，那麼多豐富的事件裡，林老師敘述得最仔細，最引我留意的一段，竟是最瑣碎、微小、細枝末節的一項。她說，原先準備的細木棍，拿來做燈籠提把用的，整批製造，每根都一樣，直挺挺的，太過呆板、乏味，毫無情致可言。

「沒有一點古意。」她懊懊地說。

所以，她跑上山去，一樹樹尋著，望形狀自己挑選，托人砍下幾截梅枝，運回來親手紮綁——於是，共有三、四十隻燈籠，不同其他，是特製的老梅枝提手燈款。

那梅枝，多好。握起來的觸感屬於樹皮，又光滑，又粗糙，凹凸有弧度，掌心包著，貼覆久時，似也熨伏得有了體溫。而枝椏曲折優美，微帶彈性，點了紙燈籠，擎在手上，隨步搖曳，一點燭光顫巍巍地，挑明了幾步路前的黑暗，夜間鐵道，光影推移，真真正正是「燭影搖紅」。

我最記得她說起老梅提燈時，那清晰、具體，肯定中帶著溫情的敘述，像在一片渲染著暈黃光圈的氛圍中，被特別拉近，聚焦，選定了按下快門的鏡頭。

有時，最觸動人心的終究是細節吧。當我們懷念某人、某事、某地、某日，爲之沉緬流連，不能自己的時候，那負責倒帶、剪輯、定格、播放，心靈之眼的運作，豈不是這樣的嗎？當我們堅決伸手，猛一推開厚重的記憶之門，任繁雜大量，立體投映的彩色印象，又舊又新、又急又快地，攀沙帶石，山雨洪流般滿目奔來、充塞眼前……終究有某樁最明確鮮活的小事，具體而微地，像一個小小但基礎的點，支撐起整座平地而起的回憶巨廈。

也許只是一個自然微小的動作：舉手投足、遞杯抬頭，也許是某個表情、某樣神氣，或者一次俯身傾前的速度，隨性站立的姿態；也許，只是倉促間一閃而過的光影顏色，像樹林間逆光閃耀的細翠，小巷裡透著亮光的紅燈籠，晚燈下如白杏片般微一搖晃的羊脂玉耳墜；也許是聲音，像營火燒著柴堆，必必剝剝的聲響，又像是火車軋過鐵軌飛馳而去時，那一陣轟然巨大的隆隆震音，或者是短暫招呼的幾聲口哨，明亮清脆如鳥鳴；也許，只是一種令人愉悅的氣味，像攤販剛起鍋的糖炒栗子，大日頭下新曬好的棉被，從檜木櫃深處剛剛拖出的軟羊毛毯。

像普魯斯特的瑪德琳糕與椴花茶。她握在手上的老梅枝。

老師與一年又一年，一個又一個的元宵節。

「在這薄情的世界上深情的活著。」那自回憶中透出的瑩瑩微光啊，彷彿只要有一點點美，就可以心甘情願地過著，捱著，忍耐著似的。

我總覺得驚異，不知道她如何懷抱年復一年的熱情，固執不改地將過節的傳統承攬下來。不避麻煩，不計損耗，情願擔上許許多多牽涉往來的人情，將身邊可能動員得到的人，皆勞煩請託過一遍——幾乎是奮不顧身的——那樣誠摯、孤注，不顧一切的深愛，看在眼裡，甚至叫旁人有些避之不及的膽戰心驚。但見她聊起往事的神氣，似乎又明瞭了什麼。回憶如湧泉，涓滴皆有情，也許，關於元宵節，從少女時代至今，在每一年的燈、茶、字謎和元宵糰子裡，她已給自己累積了太多鉅細靡遺，揣在懷裡一勾起就停不下思潮的獨特細節。

到最末，即便走到了冷清，燈火闌珊，獨埋藏處，有一些回憶已成就，搖紅影裡，有一點風聲往事可分說。

喚醒心靈的樞紐，溫馨，傷感而甜蜜。最後剩下的一點「築影搖紅」茶，林老師說，她捨不得再喝了，暫且高高封藏起來，留等君修、欣怡相對飲。我不禁默默思忖：這深澈紅亮的茶湯，甜美芳香的肉桂味，以及她說茶、說元宵的一言一景，有朝一日，也會成爲我追想此時的細節嗎？

如果每杯茶，都勾繫住一縷記憶的芳魂、托燃起一朵情感的燭光，能喚醒那些生命中歷歷可愛，金色、紅色，搖映著氤潤光輝的日子，那麼，就慎重地，將這些溫暖的細節收集起來，留予他年說夢痕吧。

嵩陽松雪有心期

一樓茶室的牆上，有一小幅裱框起的手抄紙，疏密錯落的行書，濃淡有韻，佈置著幾行墨字：

風很輕
芒草柔
釀一壺秋色
邀抒音對酌

這是盧銘琪老師的字，左下角是小小的一枚紅章「坤龍」。這幅舊紙，原是幾年前一次八掌溪辦茶會的茶帖：余坤龍處長做主人，她自製手抄紙，銘琪老師特為揮毫，題句「風兒輕／芒草柔／釀一壺秋色邀你對酌。」當年茶帖廣邀賢達，這一張屬於她的，會後便裝幀了作為紀念。

有時去茶室，老師暫且去忙，我一個人坐著，不耐閱書，就東看西瞧，或收洗前人留下的殘杯，或理理杯托，或玩玩瓶花，或步步停停，繞著一盆形如小松的含羞草觀覽姿態，或躡手躡腳，偷掀開幾個茶倉蓋子細聞乾香；有時，耗到無事可作，也就回到長椅邊，專望著這幅手抄紙發呆。

跟著銘琪老師寫字，上個月，才剛開始學寫行書。到茶室，站在同一幀茶帖前端詳，一次，我心想，哪天學好了字，也來替自己做張手抄紙，題些喜歡的句子，依樣地裱在房間牆上，最好寫些願望，日日經過，心裡念熟，眼裡看熟，也默默多向老天爺叨擾得熟。

前幾日，適逢君修來，近過年了，別的不提，他一到就忙問我們：是否已喝了今冬的梅花普洱。老師續談，說不知哪時能做一款茶，不借簪梅，茶湯裡就自帶梅杏馨香。說著說著，復又提起昔日的舊願——何時尋片坡地，或在半山，最好還能離野潭不遠；地裡全循自然農法，寬寬綽綽種下幾排茶樹，不施藥、不落肥，甚至不大人工澆水、灌溉，但錯落間隔地植下梅、李、杏、桂，也許依照這樣的排列：一行梅樹，一行茶，一行桂花，一行茶……如此畦畝，有水氣蒸騰，有日光漫射，有香木環繞，有蟲鳥爭鳴。

這樣的茶，肯定是快樂的吧。

這願望，不知有否成形的一天，若有因緣，更不知時係何年，事繫何人，地繫何方？

茶喝完，君修回去了。臨去時，約定了三月之後，下期再聚的願望。

人活著，似乎就是不斷的許願。近的，遠的，小的，大的，有輕如鴻毛，有重如泰山，許許多多的願望，線圈結引一般，有些容易，有些複雜，有的合理，有的逾越；無數圖樣穿梭串織，勾連起念念不盡的一生。

我想起高中時讀《未央歌》，那明亮理想的青春大學之歌。如今看來，是太鮮麗甜膩了。但我有時和學生談願望，總會想起小說裡，繪寫得格外迷醉的一幕，女主角藺燕梅在舞台上唱「玫瑰三願」：

我願那妒我的無情風雨莫吹打；
我願那愛我的多情遊客莫攀折；
我願那紅顏常好，不凋謝！——
好教我留住芳華。

這是最嬌美的人兒，唱出了最嬌美的心願，誠摯、柔弱而天真，溢溢捧流著青春愛憐的光輝。書上寫藺燕梅唱這歌，如一朵活生生、會唱歌的玫瑰花，宛轉鶯啼，對著台下滿座師生，對著夜空中看不見的神靈，「一半求天，一半求人」，贏得了所有人的心。作者以滿注感情的愛筆寫這段。這是不能自主自贖，位居被動，唯有一心一意，祈求全宇宙能保護、珍惜、成全的美：無論是討厭我的風雨，或喜歡我的遊客，請你們都對我好，讓我能多留住此刻的自在美麗一些。

逆風如解意，容易莫摧殘。懷願如此，怎能不莞爾，不嘆息？那麼真心誠意、滿懷感動的款求，彷彿外界的風刀霜劍，來自生命的逼壓與傷害，一絲一毫都聽聞不起，經受不得。無人忍心損拗，忍心點破；她的世界裡沒有惡，也並不能理解世間上的惡意，光潔純良得教人不忍卒睹。這樣的願望只能是，也只合是小女孩的。

現實對蘭燕梅而言，是過於粗糙了。我想起日本作家與謝野晶子的一首短詩：

沐浴之後
置身於暖春
身上的衣服
對肌膚而言太粗糙了
就像這個塵世

都云是「五濁惡世」，從現實的烽火，到人心的烽火，真實的人間太多苦、太多障，竟索性掩耳閉目，只往心裡去，在書中戮力追求，將所有嚮往的桃源風景都具現、鎖住，打造出一座純美至善的永恆時空，永遠停留在甜美蘊蓄的理想氛圍，唱一支不盡曲、未央歌，好永遠養活某些不該死掉的清新想像，亮麗希望。

人活著，就不免受傷。藺燕梅是幻筆所造，養在溫情裡一朵最嬌生的花，活在雲端，未曾涉足塵埃，遑論困頓跋涉，深赴泥濘。以現實度來看，在光譜另一個極端的，大概就是不僅承受了一己生命的萬般艱難，更一心承擔起時代苦難，歷歷感負著他人痛楚的詩聖杜甫吧。

入世的人，少有比杜甫更深沉寬實的胸襟。就連草堂的屋頂飛了，捲飛的茅草被村童當面一搶而空，屋漏連夜，雨腳如麻，擁著面開絮綻、冷硬似鋼鐵的破棉被，輾轉濕凍，疲、老、衰、弱，一夜不得安眠的他，最終所想的竟是「安得廣廈千萬間，大庇天下寒士俱歡顏」，且若此願得遂，「吾廬獨破受凍死亦足！」

竟是死了，也甘心——怎會有這樣的傻子，自己苦了，受在身上的苦還未消，就推己及人地想著別人也受著同樣的苦，甚至感慨發願，寧可一人獨墮不幸，也願天下寒士得以暫安？

屋漏滲滲，雨水還貼膚冷著，難堪窘迫的境地裡，他想到的，不是替自己許願、爲家人發聲，而是心心念念，惦記著蒼生寒，蒼生苦，呼求渴望，恨不能平地建起千萬屋，令活得與他一般寒傖的人們能一避風雨，不惶慄，不驚懼，冷夜裡，一家擁著，頭頂上能有一小片安穩乾爽的天。

這願望，是冷雨澆不涼的熱衷腸。可嘆過了百千年，居住正義仍難有實現的一天。杜工部有靈，若知昔年草堂這秋風一願，至今仍不得著落，不知鬱筆蒼蒼，又該作何興歎？

思想，意念，欲求，願望……人心所產生的思緒是一種能量，心之所指，意之所向，由無意識的海洋中升起聚焦的那些念頭，無分巨細，構築起生活中的標記與指向，影響我們的傾向、取捨、心態、價值，驅使著實際的作爲行動，帶我們到下一個地方，無論禍福好壞。

愈強烈、純粹的情感，所導生的願望，其激起的連鎖擴散、深層效應，想必也愈是非凡吧。

例如，過深的愛，以及過深的恨。民俗文化裡，希望他人不幸、渴望招致毀損，負面盼願到了極致，具體而集中的怨念跨過某條界線，或者憑附道具、儀式強化，就成爲詛咒，能糾纏運勢，致人傷亡。日本亦有「生靈」的說法，認爲活人心中，若懷抑過強的執著或怨恨，則此執念將化爲生靈，行現於世，「生靈」之於當事者不受使役，不遭察覺，本人可能造出生靈而毫無所覺，就算知曉，也無力約束、無從召回，只能憂懼驚煩，任收不回來的心自離自爲，如源世物語中的六條妃子。

情意深刻到魂不能自守。人間果有如此深重的愛欲憎恨，即使肉身消亡，願念仍存續不滅。心識的能量，莫非真能維持得比人身更長久？

世上有深恨，就有更深的愛。我所知道最光明深重的大願，源自堅定的慈悲與覺悟。地藏菩薩「地獄不空，誓不成佛」，於無量劫中，祂以不同的身、世，無論生爲女子，或作國王，經歷不同的時空背景，最後竟殊途同歸，訴出肺腑，一次次發下同樣的弘大誓願。《地藏經》裡記寫，地藏菩薩摩訶薩，於過去久遠不可說、不可說劫前，一世生爲長者子，於師子奮迅具足萬行如來佛前立誓：

……我今盡未來際不可計劫，為是罪苦六道眾生，廣設方便，盡令解脫，而我自身，方成佛道。

一世生爲婆羅門女，於覺華定自在王如來塔像前立誓：

……願我盡未來劫，應有罪苦眾生，廣設方便，使令解脫。

一世爲小國國王，發願自道：

……若不先度罪苦，令是安樂，得至菩提，我終未願成佛。

一世爲光目女，爲拯救其母，啼淚號泣而白空界：

> 願我自今日後，對清淨蓮華目如來像前，卻後百千萬億劫中，應有世界，所有地獄及三惡道諸罪苦眾生，誓願救拔，令離地獄惡趣，畜生餓鬼等，如是罪報等人，盡成佛竟，我然後方成正覺。

久遠劫來，流浪生死，於無盡輪迴之中，惡願深長，善根也如此堅固深長嗎？

心意既能教人化爲惡鬼，也能超拔苦罪眾生，周及過去世、現在世、未來世，放出無量光華，遍照一切時空，娑婆世界。

拋出去的思念，必有作用。我曾受教導要慎許願望，因爲我們不知道返回的會是什麼。

誓願愈深重，覺知愈緊要。就算有覺悟承受願望隨之而來的反作用力：後果、犧牲、不可預知的連鎖效應；即便信誓旦旦，情願擔待所有被牽動甚至改寫的因果業緣，終究徹底，凡人真的知道自己要的是什麼嗎？為何許願、為何執著？理由和動機，牽涉與影響，究其底細，心中的意向能否通透明白，追求的事物是否真心渴望？

我常思索這些問題，恆覺警惕，想及人間痴心，復又嘆息。

嘉義公園內有座孔廟，公園迄今已逾百年，林木森森，闊朗中自隱清幽，由入口沿坡度緩步而上，一路看看行行，繞過清溪、彎橋、花畦、角亭，找到孔廟面前，約能走上十來分鐘。清廷以來，歷經災毀，最終遷落在園林中的孔子廟，配置簡約，唯設有大成殿並泮池，清門淨戶，比別處樸素，卻自有一份一絲不亂的隨和穩靜。

我喜歡那一片黃瓦紅牆的清亮明肅。向來最怕大廟遮雲蔽霧、迷煙繚繞，這裡外來客少，清清廓廓，香火接續之間不至過分鼎盛，一個人來，能定心凝神，不受干擾；清香祈願，可以專對專想，獨訴衷懷。我就喜歡覷無人時，來這裡仰望著，待一會兒，和兩千五百年來無數人的老師說說話。

每次，先要整理衣裾，洗淨雙手，然後悄聲入殿，自去角落點一炷香，恭恭謹謹舉奉至桌前，在最偉大的師尊靈前默然祝禱：願隨我讀寫的孩子們依循稟賦，各成其器，願我能善誘善導，發其思、感、情、識，使他們的心在成長中多些整備，有朝一日，皆有能力自明自度，在這紛亂人世，替自己找到安身立命的遵循方法。

一回，照例又到供桌前，默想已畢，纔將線香扶穩在香爐裡，一轉身，就看見一位三十來歲的年輕媽媽，手裡牽扯一個烏溜長髮、瀏海齊眉的小女孩兒，母女倆分持了香，在桌前雙雙跪下。我讓過離開，正往外走去，卻聽得耳後傳來字句清晰、咬字分明的說話聲。

「……來，跟著我說，媽媽念一句，妳就跟著念一句。」叮囑後，母親話轉明朗，聲調揚高：「至聖先師孔子在上，」

「至聖先師，孔子在上。」小女孩語音嬌軟稚嫩，乖乖複誦。

「學生某某某，家住嘉義縣竹崎鄉某地某號，」

「學生某某某，家住，嘉義縣竹崎鄉某地某號。」

「生於民國幾年幾月幾日幾時，」

「生於民國幾年幾月、幾日幾時。」

「就讀於嘉義市某某國小，一年某班，學號某某，」

「就讀嘉義市某某國小，一年某班某某號。」

「今天來給至聖先師孔子上香，」

「今天來給，至聖先師，孔子上香。」

「希望能開我智慧，」

「希望能，開我……」

「智慧。」

「開我智慧。」

「長我知識，」

「長我知識。」

「讓我國語聽得懂，」

「讓我，國語聽得懂。」

「數學聽得懂，」

「數學聽得懂。」

「下個禮拜，幾月幾日要月考了；」

「下個禮拜要月考了。」

「請至聖先師孔子，保佑我國語能進步，」

「請，至聖先師，孔子，保佑我國語進步。」

「數學進步，」

「數學進步……」

母女的祝詞，我聽得入神，大人說得字如連珠，鏗鏘流利、句無猶豫，小孩學得柔軟拙稚，語音甜甜糯糯，努力跟著媽媽複誦，字字可愛，如鸚鵡練聲。不知不覺中，我竟在門檻前停下腳步，剎那驚醒，發覺後頭媽媽還有許多話說，連忙抬腳出殿，快步離開。

好痴心誠意的母親、乖巧依順的女娃——這麼具體而微，諄諄仔細的祈禱許願，孔老夫子在上，聽聞入耳，也會莞爾微笑嗎？望子成龍，盼女成鳳，這上課聽懂、成績進步的願望，不知幾分算是媽媽的，幾分又是女兒的？

到茶室裡。我問林老師，心中的願望，是什麼呢？

她想了一下，說，對於茶，她希望茶該是什麼樣子、就是什麼樣子；至於人生，但願能如青山邊的梅花，自開自迎風，能淡泊靜好，免於求不得苦。

我望回牆上那幅題著舊字的手抄紙。紅泥墨字，沉靜歲月。寫些什麼好呢？如果，等我練好書法，往河畔去，取些新一季的甜根子草，方方勻勻地做好一張手抄紙。還是寫馮延巳的〈長命女〉吧，願家中的親人、相守的伴侶，皆能康健平安、無病無災，花朝同賞，風雨共度，歲歲年年，長相左右。

「春日宴，綠酒一杯歌一遍，再拜陳三願：一願郎君千歲，二願妾身長健，三願如同樑上燕，歲歲長相見。」

民樂街的展眉鳥

「諸可愛境，遠離身時，引生眾苦，故名愛別離苦。」

得到，失去，失而復得，得而復失……人心中的感情，在得與失的境況轉換之間，因眷戀，因惜愛，何等牽引纏縛，動搖難平。所謂「患得患失」，原是愛重情深，是以得亦憂、失亦憂，「相見時難別亦難」，終究情願執迷。

柔柔涼涼的
不知從哪兒飄來
一片落葉——
像誰的手掌，輕輕
打在我的肩上。

就像是周公詩裡，積雨的日子涉過牯嶺街拐角時，那片天外忽然飄來、翩然而降的落葉一樣；會不會好久以後的某一天，經過熟悉的街道時，天外飛來一隻鳥，像個久違的招呼，輕輕按落在自己肩上？從撿到展眉的頭幾天起，林老師心中，就閃動過這樣的景象：

也許有一天，他飛走了，過了許多年，一個尋常的日子裡，騎著腳踏車在路上，展眉會忽然飛來，停在肩膀上，啾啾兩聲，拍一拍收起翅膀，隨著她安安靜靜共乘一段路。

一

「展眉」，是偶然到來的八哥幼鳥。隔壁乾洗店的老闆阿勳，是茶室的好鄰居，也是撿到展眉的發現者。小八哥似乎是從電線桿上掉下來的，地面通共摔了三隻，兩隻死了，只活下一隻虛弱顫抖、一息尚存。這隻小鳥被阿勳拾回來，林老師看了心中憐憫，就留下來收養照料，並將他命名「展眉」。

展眉剛來的時候，羽毛看似纔長出來不久，一點點的細毛，稀稀疏疏地覆蓋著，喉管都清晰可見。第一天的他很虛弱，站都站不起來，將飼料、果物打成稀泥試著餵食，卻一口也吃不下去，躺在手上狼狽不堪、奄奄一息，原本以爲他活不下來了，卻終究撐過了第一夜。

接著，像回報她的悉心照料一般，是每天顯著的恢復、豐長與進步。第二天，展眉終於吞得下食物，吃了一點點馬鈴薯泥；第三天站得起來了；第四天，開始在長桌上小步小步地左右挪走；第五天已經能垂直移動，上下跳躍。

第六、七天，她看展眉羽毛長了，精神體力有了，就把他帶出室外，放在門口的珍珠一串紅上頭。這棵珍珠一串紅已經種了好幾年，在牆角邊倚立得小樹一般，枝條垂盪，綠葉覆蓋如半個張開的傘面，枝端正結著白花紅果，十分鮮艷好看。展眉試了一會，黃爪子終於在綠蔭裡抓牢，一番左右顧盼之後，開始唱唱叫叫，上下跳竄。

從珍珠一串紅開始，小八哥的膽子漸漸大了，牆裡牆外，逛開了去，茶室的庭院週邊，就成了展眉四處爬爬走的遊樂場。

林老師養活了展眉，瞧他園子逛得有趣，更加意爲他挪挪改改，把茶室的前庭營造成愛鳥專用的生活環境。

爲了方便展眉前後左右、高高低低的跳，幾個盆栽並邊桌上的箱籠提籃，皆考慮他的動線搬來搬去，挪過位置。

窗前懸吊的一個鐵絲花架，更修整成小鳥新窩：將原先的花盆移走，底部拿些乾草葉鋪實了，側邊再拿幾把乾燥的倒地鈴藤蔓環繞編織、層層紮捆纏上，遠遠看去如巨大的花環一般，就充作給展眉居住的開放鳥巢。

床鋪有了，還要有澡堂。老師喜歡荷，爲了有乾淨荷葉煮普洱、熬荷葉粥，庭院裡備有一個大水缸、一個淺水盆，都種著蓮花，養著小魚。如今，大水缸裡的荷葉已亭亭如蓋；陶盆裡的淺水上，則浮著一株睡蓮，以及細碎幼小的翠綠浮萍。

展眉特愛洗澡，自動自發，一天要往淺水盆裡滾上四、五次，兩隻短翅膀在水中拍來打去，潑潑灑灑地，不只把種蓮的淤泥都翻攪起來；龐然大物從天而降之勢，更驚得盆底的小魚慌亂無命，四處逃竄。幾次之後，小的那只蓮花盆，就改造成八哥專屬的澡盆。她把陶盆裡的花、泥巴、孔雀魚都倒走，只留下滿水面碧綠的浮萍（因為展眉愛玩）、一池每日更換的新鮮清水，再於水中央放一塊踏腳的木頭，專供鳥兒戲水入浴，蘭湯洗沐。

她晚上在二樓工作，也在二樓備了一個竹編搖籃讓展眉睡，夜裡若留宿茶室，就放在枕邊，唱搖籃曲哄展眉入眠。

室外好動的展眉鳥，只要到茶室內，就會去站在長桌的含羞草盆上，蹲踞在一高一低的兩草之間，斂翅抬頭，神氣睥睨。我看了不禁啞然，這一鳥站立儼然，煞有其事的樣子，真以為自己不是八哥，是古書裡兩株松下負手望天的禪師去了。

「禪境悠悠何所似？」

「置鳥草中差可擬。」

唐代李翱寫藥山禪師「練得身形似鶴形，千株松下兩函經」，如今到了茶室，以含羞草作松，以展眉八哥作鶴、作禪師，供我和老師一笑。

展眉剛來的第二天夜晚，焦躁不安，鳴叫不已，夜深了仍不願休憩。老師無計可施，靈機一動，放布拉姆斯搖籃曲給展眉聽——她一邊將他攏在手心輕輕包覆住，一邊隨著音樂低低吟唱。漸漸地，展眉安靜下來，縮起身子，放入窩裡就鬆懈睡去。

從此，每天不聽布拉姆斯，他就不肯入眠，逕自拉長脖子，在倒地鈴鳥巢邊站得高高的，一個勁地朝室內望，直到播放搖籃曲給他聽，或站到身邊輕輕哼唱，才乖乖回窩裡蹲下來，不一會兒就睡著了。

二

「我要把他取名叫展眉。」

第一次看到展眉時，林老師對我說了這句話。「展眉」意義特殊，是茶室所存的手作茶中，她最珍惜、最量少的一款美人。那時，聽見取了這個名字，我就知道這隻小小的八哥，肯定要引起她無限愛憐，無數移情。

取名叫展眉，怎能不當隻茶鳥呢？而展眉靈性非凡，確實擔得起她情愛灌注。

度過病奄奄、氣咻咻的危險期後，頭一回餵小鳥喝水，她準備了一杯清水，另外泡好一杯同名的「展眉」美人茶。她用古董瓷湯匙舀水餵，清水和涼茶各舀一匙，展眉各沾啜一小口；當他吃過美人茶後，竟就只選茶湯，再拿白開水湊到嘴邊，就不肯喝，搖搖頭不理睬了。

後來，在茶室這段日子，展眉也喝過好幾款茶——共喝過白茶、美人、紅茶、烏龍。茶室裡，更特意爲他準備了一只專用的小白瓷杯，一回我去，席上喝白茶，也分給展眉一杯，不知他是玩得太口渴，還是喜歡白茶淡潤清甜的風味，陸陸續續，竟將整杯白茶喝個精光。有一回臨時改用玻璃杯餵美人茶，他歪頭看得新奇，繞著映出茶色、晶瑩透光如琥珀的玻璃杯轉圈圈，好奇地在杯壁敲敲啄啄，研究了好一番後，才自己探頭喝了好多口。

真要說起來，展眉鳥喝過許多好茶，不計口福，倒是一般人不見得有機會親近的茶緣。

展眉這鳥，除了喝茶，吃食也另有一番折騰。

八哥是雜食性的鳥，聽說什麼都吃，也愛食活物。展眉有一次在盆栽底下試著捉蚯蚓，但只啄上一口，蚯蚓吃痛一扭，他自己就嚇得振翅飛掉，落荒而逃。

雖然買麵包蟲餵應當是合適的提議，然而，林老師不愛殺生、不愛看展眉生吞活剝，所以日日想主意，變著花樣調新鮮飼料給小鳥吃：或是一顆顆剜出來的木瓜種子，調上馬鈴薯泥、黃豆泥；或是蘋果、木瓜、香蕉混著打的泥醬；還有芭樂，龍眼，蛋黃……

「以後出去，看不到，就算了。至少跟著我的時候，讓他吃得乾乾淨淨的。」她說。

不過，跟隨林老師吃得乾乾淨淨的展眉鳥，倒是一副踐兮兮的模樣。

到茶室時，遇到展眉張大嘴巴索食，我和老師輪流餵，用一根細細長長的扁木棒，挑一點份量適中的果泥，需要正正中中，穩穩當當地送到他大張的鳥嘴中——份量太多不吃、距離沒剛剛好不吃、角度斜了高了低了都不吃，即使只是偏了一些些，或是稍遠了半公分，如果沒把果泥送到能剛好一口吞下的鳥嘴深處，他就老大不動，不移尊步、不伸貴頸，也不肯稍稍歪頭就口，寧可閉上鳥嘴，甩甩頭，跺跺腳，等過兩三分鐘才肯重新張口，要你重整旗鼓，送準了再來餵過。

我和她都沒養過鳥，不知道幼鳥餵食真是嗷嗷待哺，只「待」哺，不主動，連鳥脖子都不伸，一點點都不肯將就，只被動地等待人家將每一勺調整到完美狀態。我餵得又好氣，又好笑，不禁想起孔子「肉不正不食」的堅持。而這時的展眉甚至已經不算雛鳥，是能跳、能半飛，能夠在前庭的紅磚地上啄螞蟻吃著玩的了。

餵到後來，老師也想訓練展眉自主啄食，從果泥裝盛小盤放在桌上，到滿地撒下濕飼料、米粒、穀物，不吃就是不吃，照樣是餓的時候，飛過來哎哎叫個兩聲，張口等在裙子邊要人餵。

展眉這麼拿翹，莫非也是知道人家疼他，寵溺他，捨不得他挨餓，總會順著他的意，予取予求地將餐食一口口送到最舒服、最懶人、最方便的恰當位置吧。

還有一幕是時常上演的景象：該餵的時間到了，她籌備齊全，專伺候鳥兒吃飯，他吃了一、兩口就跑掉，顧往外頭玩耍去，她怕他吃不飽，只好一手拿著果泥盒、一手掂著飼料沾棒，又哄又喚，跟在踱步的鳥屁股後面追出去跑著餵……

我想，跟在展眉後頭團團轉的老師，心中應該是這麼想的吧：

——希望展眉健健康康、快快長大，可以飛，可以高飛，成為一隻自由快樂，無拘無束的鳥。

餵食以外，當然還要跟著把屎把尿。

小八哥是雞腸鳥肚，一吃就拉，展眉又最喜歡賴在林老師衣襟上，如此，兩個小時餵一次，一天要多換好幾件衣裳。

有一遭，展眉從含羞草盆上的老位置覷準了，眼睛滴溜溜亮著，翅膀陡一開，竟「忽」地飛過半個茶室，直飛上存茶「皓月」的茶倉，她還來不及阻止，羅玄坤的柴燒大甕上，立即留下一坨熱騰騰的鳥屎，肇事者蠻不在乎地飛走了。她趕忙跟著擦掉，隔日開倉聞聞，好在甕蓋座落得嚴密、緊實，「皓月」圓潤蘊蓄如華枝春滿的君子茶氣，未受到「黃金劫」的絲毫影響。

展眉愈長大，愈是鳥頭鳥腦、古靈精怪的同時，也愈發變得聰明伶俐，依人愛嬌。只要林老師叫他的名字，叫一聲，回一聲，常常一個在室內叫「展眉」，一個在外頭啾啾回應。在前庭玩過一陣子後，展眉一定跑進茶室，黏著她不願離開，兩個銘黃色的腳爪牢牢攀在肩上、前襟，像枚巨大的活生生的鳥胸針。

她若在忙，隨手揮一揮，將展眉撣下衣服，鳥兒落到地上還是緊緊跟隨，走到哪，跟到哪，她發覺了，一時頑皮起來繞著長桌子跑，展眉也就寸步不離地邁開兩隻鳥腿，跟著她快步沿桌邊跑。

一人一鳥的長桌追逐記。在我聽聞的點滴故事裡，那是剛立秋的茶室中，最可愛的遊戲時光。

三

展眉是一隻好奇寶寶，有天早上，我帶父親去茶室看他，見他在含羞草盆上站得有趣，又是一副「鳥禪師」的招牌姿勢，父親拿出相機要拍，不料鳥兒看到新鮮玩意，草盆邊一個箭步跳下，直逼鏡頭面前，照鏡子般歪過頭左晃右探，脖子伸得長長的，考慮了幾番，黃嘴巴輕輕試啄一下，一張鳥臉湊上去盯著直覷，幾乎要貼到鏡頭玻璃上。

我們父女看他這旺盛謹慎的探究精神，都被展眉逗樂了。小八哥進步可真快！前幾天看上去還憨憨的，一臉「呆萌」樣，這會竟已經鳥模鳥樣，一臉聰明相，一雙眼睛烏亮烏亮、炯炯有神，活像個小研究家。

聽說八哥有兩、三歲孩童的智力，聰明不怕生的展眉，彷彿小小的鳥明星，得到了街坊鄰居的認識喜愛。

一回我去茶室，才一個下午，就遇上兩次有人經過敲門來看鳥。約莫是收養的第十天，大清早，展眉飛去街上一戶炊粿的人家，大大

方方停在老闆頭上，一派老實不客氣的模樣。恰好粿家的鄰居太太前晚才帶過孫子來看鳥，婦人眼熟，小騷動裡快語認出：「那是林老師養的八哥！」於是炊粿老闆便把鳥抓在手上，越過幾家將展眉送回茶室。

茶室隔壁乾洗店的主人阿勳，是最初從地上撿到展眉的發現者，於是更加關心，一天裡三不五時過來瞧瞧小八哥如何如何；因飼養經驗豐富，也成爲老師詢問如何照顧展眉、調配飼料的好顧問。

乾洗店養了一隻四喜在籠子裡，歌聲宛轉清甜，常常白日下午坐在茶室，就聽到隔壁傳來四喜甜美如口哨的音階練唱。展眉稍微會飛之後，四處串門子，常常侵門踏戶，一翻牆就自個兒去隔壁，一過去就蹲在四喜的籠子上，阿勳發現了，他就能討到零食吃。遇到茶室要上課或預約茶席，老師兩三個小時不得空，便把鳥兒寄在阿勳那，忙完了再去隔壁接回來。乾洗店就宛如展眉的臨時托兒所、安親班一般。

不唯過去有零食吃——估計是搶了四喜的飼料——阿勳也每天分送一串龍眼過來，說是給展眉加菜。這龍眼我也剝過幾顆，一顆龍眼肉用指甲撕成四瓣，一瓣一瓣地送給他吃；餵了兩瓣展眉又跑掉，我倒不像老師那麼痴心，爲了餵食繼續追著他跑，叫過兩聲不回來，心想鳥不吃人吃，就逕自在桌前把剩下的龍眼吃掉了。

一日一日，展眉和林老師愈發形影不離。

夏月炎炎，她去獨立山避暑，一週要去上兩回。展眉自然也帶去，整個白天，爬山時，除了偶爾飛下來前後跟著走，大部分時間都站在她的肩膀上，山中處處有鳥鳴，展眉竟不爲所動，既不叫，也不飛走，安靜乖巧，定性極強，山友們見到嘖嘖稱奇，人人都想借來學蔡康永拍照。走完步道，至一處瀑布沖涼，展眉便在一旁，就著較小的水流陪她一起沖。

一回，瀑布底下辦流泉茶席，學生以野薑花葉另外編成鳥席，照樣分擱一杯茶，展眉就乖乖留在他的席位，偶爾讓人餵啜一口。

原來，除了活潑好動的一面，展眉還能文文秀秀，做一隻名副其實的茶鳥、文鳥。

❦

養到十三、四天，展眉在街坊已是敦親睦鄰的人氣鳥。林老師把他借給相識的小朋友帶回家，聽說孩子腳下蹬著滑板車，讓鳥兒站在肩上，歡天喜地，兜風似的到處向人炫耀。

可憐展眉到陌生人家折騰了一夜，大約也得不到習慣的細膩照顧。歸還時家長怕丟失，將展眉裝在籠子裡送回來──展眉從未被鳥籠關過，在籠中亂突亂撞、大發脾氣，回茶室一放出來，就「咻」地直衝老師身上，腳緊緊抓在左心窩上，頭牢牢靠在左肩窩處，整隻鳥黏在胸前，一晚上不肯離開。

我說，這是展眉鳥「歷劫歸來」。借去的孩子雖無壞心，總讓他驚惶受怕了一個晚上。

這之後，展眉就對外人稍稍收斂，不再誰的肩膀都肯暫停了。

四

不知道展眉會不會記得，第一次被關在籠中，家徒四壁、無處出入的激動情緒？隔壁乾洗店的四喜，已豢養在籠子裡十三年了，每當展眉翻牆過去，飛上隔壁的四喜鳥籠，四喜就會顯得躁動不安，是因爲地盤被侵略，還是羨慕他的自由飛翔、來去自如？如果鳥也懂得同理心，展眉低頭由柵條上方看著四喜時，又會接收到什麼情緒、什麼訊息？

——還記得自己能飛嗎？如果關了十三年，仍無法忘記渴望飛翔的感覺。

林老師剛養活小鳥，就下定決心，讓展眉做一隻不受羈絆的鳥。

每回，隔壁阿動建議拿個寬敞的籠子，把展眉收進裡面，她都屢屢搖頭，從不首肯，從未考慮。她聲明，不希望他變成寵物：「展眉不當籠中鳥，也不是人類的附屬品。」雖然不能自理時由她照顧，但只要展眉準備好，隨時隨地，都願意放他遠走高飛。

她翻開豐子愷的《護生畫集》，指著「囚徒之歌」那頁給我看：幾筆乾淨簡單的黑墨線條，勾勒出一個方方正正的籠子，關住一隻閉鎖其中，張口欲啼的鳥，隨頁並題有弘一大師的字：

人在牢獄，終日愁欷
鳥在樊籠，終日悲啼
聆此哀音，淒入心脾
何如放捨，任彼高飛

望著在長桌邊跳來跳去，不時轉頭看看我們的展眉鳥，她感慨深長，語帶情意地說：「寧可他快快活活地活一天，也不要無期徒刑般圈養在籠子裡。」

不留，不放，不干預，任憑他騰躍起落，自由來去。想留就留，想走就走——展眉是受到高度尊重的生命個體，需要愛、保護、照料關懷的時候，就提供一個遮風避雨的場所，但絕不剝奪他獨立自主，命運自決的機會與權力。

擁有天空，是一隻鳥天賦應得的神聖自由。

於是我也默默，藏起各式各樣的想法和情感，看展眉走過來跳上含羞草盆，抖一抖，輕鬆自在地埋頭理羽毛。

「待得天晴花已老，不如攜手雨中看。」有一天會飛走的鳥，有一天要凋謝的花，有一天，省吃儉用也會喝完的茶——即使萬般捨不得，在未來的某一天，終會離開，終成完結的美好。如果萬事萬物，乃至於緣份長短、人之情感，份份專限，都有冥冥中依例配好的額度，那麼，就讓我們並肩賞鳥，雨中看花，在眼前能給予，能珍惜的時候，大大方方、毫不保留，貪心而勇敢地揮霍願給的愛吧。

展眉在茶室的第十六、七天，遇上了入秋前威力最強，吹倒樹木無數的蘇迪勒颱風。

這鳥孩子自出世以來，從沒見過這麼大的風雨，颱風眼一過，強風豪雨開始灌進市區時，在外頭的他簡直嚇傻了，一邊緊張啼叫，一邊連飛帶爬、驚慌跌撞，直直衝入門滾進林老師懷中。

於是，她擱置手邊的事，任風雨在敞開的門外咆哮，帶展眉往椅邊坐下，護著他連聲安撫，用輕柔、規律而緩慢的動作，讓心窩上縮成一團的小鳥不再顫抖，漸漸恢復平靜。

等到雨稍小，她就抱著他爬上二樓，一人一鳥依偎著，站在門窗大開的陽台吹風淋雨。風一陣一陣地挾著勁道呼嘯捲來，涼冷的雨水細細地一波波灑在身上，一整座飄搖傾斜的黑夜，面對風雨中的街景、不平靜的世界，她一邊順撫貼在胸前的小鳥，一邊反覆唸誦：

「呼呼呼——風來了，

展眉不怕風，站在樹上叫！」

趁著雨進來的節奏，她把隨口編的詞句催眠似的，用親切溫柔，肯定如唱謠的音調，一遍遍哄給懷中的展眉聽，直到半個多小時過去，人和鳥都潑濺得濕答答，才進屋拿浴巾包著他，將吹風機調轉到最弱，幫展眉把羽毛烘暖、吹乾。

席捲肆虐的颱風夜，全台逾四百萬戶大停電，整座通明的台灣島，頓時暗下了好幾塊。茶室幸而未受影響。外頭狂風驟雨，門窗被打得砰砰作響，她和展眉待在二樓室內，一面聽夜來風雨，一面以音響反覆播送貝多芬的「暴風雨」。鋼琴流暢有力、狂暴清脆的鳴響，起伏交織著室外大作的風雨聲，整整一個晚上，展眉在溫暖安全的房間裡，就這麼肅靜凝神地諦聽。

隔天一清早，門一開，還沒吃早餐，展眉竟搶在前頭竄出去，小小的黑影急掠過，冒著風雨衝上庭院的絲瓜棚，飛到最高處，自個兒在那邊站著淋雨；雨下到最大，也不進屋，只略略往旁找了一片葉子躲，餓著肚子在晨雨中站了一個多小時，任憑怎麼呼喚，也絲毫不為所動。

真是風雨不動安如山！老師又驚又喜。昨夜雨勢初來時，明明還怕得哆嗦，怎才過了一晚上，就堅定勇往，風雨無畏地迎上前去？

小小的鳥兒，在學習體驗大自然的力量嗎？是受到昨晚貝多芬的暴風雨潛移默化，或是將耳邊「呼呼呼，展眉不怕風」複誦不斷的溫情鼓舞聽了進去？

之後，不管在牆下牆上、室裡室外，只要「呼呼呼」的叫他，展眉就會「啾啾啾」的抬頭回應，叫一聲，應一聲，屢試不爽，從未落空。

她在茶室，度過有鳥相伴的颱風夜，感念一夜溫馨，又歡喜他靈性穎悟，想到有一天終要任其飛去，更添下一絲傷感。她省察自己的心，頓時感覺「悲歡離合總無情，一任階前點滴到天明。」於是欣慰、憂愁、惜愛、釋懷，涓涓滴滴的諸般心緒，也如簷下垂掛的雨絲，無情有情，瀝瀝淅淅的流淌了一宿。

五

「眾鳥高飛盡，孤雲獨去閒。相看兩不厭，只有敬亭山。」

展眉雖小，還不到學說話的時候，但林老師痴心，一心想教會他念這首唐詩；後來覺得整句話難學，就減省到「高飛盡」、「兩不厭」，三個字三個字一組，巴巴地重複練給展眉聽。問她爲什麼，她說，每次看到展眉抬頭望天空的神態，就不由得想起「眾鳥高飛盡，孤雲獨去閒」兩句。

展眉喜歡高，在倒地鈴編的鳥巢上方，她爲他加綁上一塊形狀優美的漂流木，每一早，就能看見展眉飛到浮木頂端，踮腳似的站在上頭眺望。

看著他遠望天空，老師總在心中生起疑問：「鳥是不是也有思想？」

而我則分心旁岔地想起紀伯倫的句子：「思想是天空中的鳥，在語言的籠裡，也許會展翼，卻不會飛翔。」

沒有飛過的鳥，還算是鳥嗎？沒有愛過的人生，還值得活嗎？

……展眉還沒學會能令人們聽得懂的話，不會念「眾鳥高飛盡」的句子，也許也不像人類會陷入表達的困境：愈將語文系統發展得龐大複雜，操演得愈是精細熟練，就愈感覺文字窘迫侷限，體會到思想被語言捆綁，在沉默永動的心靈之海前，連試圖描述一片波浪的形狀，都終將曖昧失真的力有未逮。

但他不會是一隻只能展翼，不能飛翔的鳥。至少這點千真萬確、無庸置疑。

雖然，對一隻鳥來說，怎樣是幸，怎樣是不幸呢？

我遍尋心中，百般思索假設，迴響卻一片沉默。沒有一個人可以替另一個人發聲，沒有一份說詞可以代入一隻鳥的心靈成立。

但展眉終究被賦予選擇的自由，唯有這點，凌駕於一切結果的幸或不幸。

那天，過去茶室時，天已經黑了，展眉很興奮，到處跑跑跳跳，叫個不停。老師一看見我，就忙說小鳥的事：展眉下午在絲瓜棚上從兩點站到三點，巴巴朝外望著，然後忽然翅膀一振就飛出去了，這一去，飛得無影無蹤，整整一個多小時不見鳥影，快五點時終於出現，一回來就撲落她懷中，啾啾唧唧地叫。

「……展眉出去大探險了啊。」我對跳過來的小鳥說，有些驚訝，也有些寬慰，「還好還找得到路回來呢。」

探險歸來的展眉，顯然胃口很好，吃了木瓜籽拌薯泥後，精神還十分高昂，在一旁猶自吵鬧，靜不下來。

林老師瞧他這樣，就去關了日光燈，滿室頓陷黑暗，只改開一盞壁燈，留作唯一光源。於是柔黃昏暗的燈光，澄澄地，從遮掩的鏤空鏽鐵罩中，流洩出半壁輝爍。

「妳來試試看。」她從桌上捉起逛過來的展眉鳥，放入我的手中，展眉一個小跳，攀住我的左前襟上。我滿臉疑問地望向她，老師教我：「把手輕輕覆蓋上去，包住他，不要用力，只要將手放在鳥身上，然後試著深呼吸，屏除雜念，靜心。」

「像在打坐，禪定那樣。」她補充，「他會感覺得到，只要妳靜心，展眉就會跟著安靜下來。」

交代完，她就轉身去小廚房忙別的事。我伸過右手，依言輕輕握住胸前的展眉，小鳥毛毛躁躁的，喋喋不休，好像有無數的話要說，一邊叫一邊顧盼鑽動。

我半信半疑，仍舊閉上眼睛，調勻呼吸，讓自己的心思沉靜。就這麼迎來充滿魔力的一刻——

不出幾分鐘，原本疊個不停的急促鳥叫竟然消失了，先傳來聲調變弱，不確定而帶點疑惑的「啾」一聲，接著挪了一下姿勢；之後，小小的身軀不再上下扭動，展眉就隨著我呼吸的節奏，和諧一致地貼熨心口微微的起伏，一聲不響的安住下來。

我不禁由衷感動。一瞬間收穫紛呈，我從一隻小鳥身上，得到了許多禮物：靜定的力，一份充滿友善的理解、認同，一種毫不保留的信賴，以及隱約彷彿，觸碰到某種靈犀相通，宇宙間合一感應的神秘關聯。

因爲展眉，我在沉默之中充滿敬畏。

小八哥隔著一層棉質的襯衫衣料，在手掌包覆下，貼在左肩窩和心窩之間，動也不動，安靜順服。昏黃燈光，一片靜謐中，我彷彿感到他的心跳，和自己血管的脈動融爲一體。過了好些時候，他悄悄鑽出來，一聲不吭地往後爬上我的頸肩。

怎會有這麼甜美的一刻？爬上肩膀的展眉，挪過來貼住我的頸窩撒嬌磨蹭，不時輕啄，用鳥喙觸吻我的臉頰，皮膚上觸電般傳來一陣陣搔癢的顫麻。我小心翼翼，不敢亂動，略轉過頭想偷看，鼻尖就碰到輕柔纖軟的鳥羽。索性埋入一聞：好香啊，就像夏日陽光一般，展眉身上，竟全是洗澡風乾後淡淡乾爽的穀類香氣。

他就如此在我身邊依偎了兩個小時。中間兩次起身取物，來回走動，展眉也不曾飛走，一個晚上不吵、不跳、不躁動，就這麼乖乖窩著，偶爾軟語啁啾一兩聲，或是呢喃夢囈般發出一連串低微的模糊囀音；偶爾張開翅膀，抖抖羽毛，掀起一陣輕微連鎖的顫動；偶爾耳鬢廝磨，伸長頸子把頭鑽進我的短髮髮際。這如獲至寶，小小的、珍貴的一團溫軟，讓我省起李後主寫的「一晌偎人顫」。

老師看了，也覺得感動：「……展眉比妳還懂茶禪一味呢。」她走過來，像個鳥媽媽，微笑中引以爲傲的說。

我在不驚動肩畔鳥兒的程度下，皺起臉，不服輸地做鬼臉抗議，但心裡恐怕是服氣認同的——是啊，展眉的心單純專一，全無雜念，確實比我懂得茶禪一味。

默然半晌，她再度開口，這回是跟展眉說話：「展眉，展眉，好好修，下輩子來當我和依文的茶友。」那聲音，滿溢溫柔愛惜。

「嗯。要記得回來當茶友喔。」我也對肩頭的小鳥輕聲說。

六

這是第二十天的事。

下午兩點，展眉飛了出去，五點鐘我過去，不見回來，老師一見我，說展眉出去三小時了，語音雖然平靜，神色已有一絲按捺不住的焦慮。

隔壁乾洗店的阿勳也掛念著，時不時走過來看看展眉有沒有回來。等到六點，天際漸漸昏黃了，飛去的鳥兒卻未還巢。

時間一分一秒過去，天色已全黑。我想方設法安慰她，「記得『來世當茶友』

的話嗎？」我向林老師說：「展眉一定是聽懂先前跟他說的，爲了下輩子要回來當茶友，出去外面歷練修行了。」

因爲，展眉在這裡是「茶室大王」，千般疼愛、萬般嬌寵，處處被保護著，順讓著，大概是修不到什麼的。

她勉強一笑，說不出話，一會才應：「是啊，展眉爲了當茶友出去修行了。」察覺到師生二人憂心忡忡，坐困愁城的景況，遂強打精神：「我們也要開心一點，怎麼展眉走了，卻換人變得鎖眉了呢。」末了，她眼眶一紅，忽然吐出一句：「原來我也這麼婆婆媽媽。」

我沉默地坐在對面，一眼瞥見，桌上還放著她下午新調的愛鳥餐點，是芒果、龍眼、薯泥、蛋黃相混拌打成的。「今天的是新口味，展眉還沒吃到呢……」她喃喃說著，接著思緒迸發，一發不可收拾：

「展眉會飛了，可是還沒成年，現在出去會不會還太小？」

「好啦，笨鳥，走就走，不要回來了，要是回來還要再走一次，多牽掛。」
「展眉不怕人，會親人，應該是跑到誰家，被誰撿去收留了吧？」
「早知道不應該教他『眾鳥高飛盡』，要先教會他『倦鳥歸巢』。」
「他還需要別人餵才肯吃，怎麼辦？」
鳥媽媽已當慣了的她，當真是柔腸寸繞，百轉千回：一會兒擔心展眉不懂外界環境險惡，遇到野貓還不知道警戒；一會兒走到門口往天空召喚；一會兒擔心他露宿街頭，天黑了想家找不到路回來，有多不安害怕；或是擔憂被人關住了沒受到好好對待，甚至沒頭沒腦地說：不會被老鷹抓走吧？還好市區看不到老鷹……
她想一回，說一回，一下憂心掛慮，一下自我寬慰，一下嗔怪埋怨、祝禱想念。
林老師苦笑：「不來不去無代誌，來來去去全代誌。」她半自嘲，半懊喪地說，知道他會走，原以為能瀟灑面對、淡然處之，沒想到臨到頭來，還是如此牽牽掛掛，果真高估自己，修行不夠。

既然如此，「他去修煉了。我也修，修『愛別離』。」

她縮起腿，坐在長椅上，對門外的黑暗唱：「我的青春小鳥一去不回來……」

青春小鳥真的一去不回來。

展眉飛走那晚，我離開後，老師因爲心中惦記，明知八哥夜盲，還是怕展眉萬一半夜回來，沒人在進不了家，於是在茶室打地鋪，只關了庭院臨街的藍色大門，將內室的門朝外敞開，返家拿過瑜伽墊來，對門口鋪在一樓地板，爲展眉等門一夜。

等門落空，她的心裡也像缺空了一塊。

她無精打采，食不知味，消沉許久，才決心打起精神做道甜飲，好好慰勞自己，重新振作。於是約我到茶室，不惜重本，拿「巫雲」做焦糖豆漿紅茶，用的是自炒的焦糖、一斤美濃有機黃豆磨一罐的濃豆漿，再狠狠抓上幾大把紅茶「巫雲」，濃濃的調成一壺，滿杯喝下，才稍稍抒懷解鬱。

只是，我們仍心有所繫，只要外頭一點風吹草動，半片鳥影掠過、一聲鳥啼響起，就會跑到門口張望，期盼能看到一抹依稀熟悉的黑羽黃嘴。

展眉走了，留下的人，卻變得杯弓蛇影起來。

我站在門口眺望，右前方的電線上有一串痲雀，斜對街的樓頂站了一對斑鳩，遠處有幾點黑色的鳥影盤旋，天空淡淡的，試著「呼呼呼」的喚，沒有回音。

一轉身，發現門前的珍珠一串紅死掉了。原來，颱風來襲那晚，它的枝幹就已被強風劈裂，只是莖未全斷，靠著牆壁支撐，尚且藕斷絲連，未曾傾頹，葉叢也還猶帶翠綠，因此外觀看去不太明顯。如今，整棵植物已經死透，枯軟凋零，再無生機了。

展眉飛去幾天後，隔壁的四喜不再進食，過了兩、三天，奄奄一息的四喜被放出籠子，不多久，便虛弱死去了。

四喜絕食死去的日子，離展眉飛去還不到一個星期。頓時一牆之隔，茶室和乾洗店，牆左牆右，都不復鳥語響。

我跟林老師說，展眉一定沒事，想當初電線桿掉下來都活著，必是隻命大福大的鳥；傻鳥自有傻鳥福，他不會出事，是真爲下輩子投胎當茶友，決心離開好好修行去了。

阿勳問，後不後悔沒用籠子圈住他。她搖頭。

「……我不想用幾絲溫情、幾口米糧綁住他。」雖然感傷，但她初衷不變，堅定如昔。

——鳥就要越飛越高，才能展翅，才能展眉，才能自在逍遙，展開生命像一片高遠的雲。

這是她的回答。

老師站到我身後，一同仰望遼闊的淡淡天空。

展眉到茶室來，相處不足一個月，卻引出這麼多心動領悟，曾交付如此全備的依託與信賴。離開後，林老師說，曾經接連幾夜夢見他，快樂健康地在金黃的田野間跳躍。我想，展眉是捎信，告訴我們他很好，去尋了另一番天地。

這一趟，緣份雖短，情意卻長，來世若再來，或許果真能修成茶友，蒸煙裡，再共一壺白水清茶。然而，若想得警覺些，真是初相識嗎？豈非，在某些雲深霧深，遠不可說、渺不可知的輪迴流浪裡，今生的展眉鳥，曾是昔年身邊親近愛過的誰；

而此番茶室一聚，是起頭，或接續，又何嘗不能是一場還願與了結？缺憾或圓滿，是否也只在一念之間，一線之隔？

老師曾在某一夜，靈思恍惚，脫口而出：「展眉是不是祖師爺爲了看看我們，託生回來？」

記得那時我笑答，「祖師爺才不會變成一隻鳥啦。」

但不管是誰，展眉的終究來歷，也許真能追溯自某些「近過遠過翱翔過，而終歸於參差」的因緣吧。

日後，當我偶爾懷念起展眉依偎在肩頭的溫存，還有林老師騎單車往返茶室時，他舒服地站在前車籃，瞇起眼睛吹風的模樣，我總會猜想，會不會有一天，走過民樂街時，忽然，有一隻八哥自天外遠飛而來，姍姍地，在肩後飄然而降？

如那張拂過老人肩頭，柔柔涼涼的一片落葉。然後，我心中就會背誦出周夢蝶〈積雨的日子〉後兩段：

打在我的肩上
柔柔涼涼的
一片落葉
有三個誰的手掌那麼大的——
嗨！這不正是來自縹緲的仙山
你一直注想守望著的
那人的音息？

無所事事的日子。偶爾
〔記憶中已是久遠劫以前的事了〕
涉過積雨的牯嶺街拐角

猛抬頭！有三個整整的秋天那麼大的
一片落葉
打在我的肩上，說：
「我是你的。我帶我的生生世世來
為你遮雨！」

如果真有生生世世，不管是人是鳥，是遠是近，願我們都能自在自如，不再需要遮雨，也不再需要爲誰遮雨；倘若真能在彼岸攜手，雨中看花，願紛落的花雨霑衣不住，我們的愛通透光明，不離不著，無驚怖，亦無憂懼。

後記

可惜馨香手中故

——浮沉展眉後記

我不懂茶。

這句話，是心底的真實聲音。我確實不懂，茶之一道，從知識、實務層面到內涵哲理，繫在一杯茶碗邊緣、茶湯裡外的巨細遠近，種種有形無形、知性感性，何其博大精深，絕非我這個門外人可以指指點點，妄加言說。

所以，這不是一本談茶的書，因爲我並不具備談茶的資格，它只是一份初學者品茶的學習心得，以紀傳的角度側加寫錄，如誤入桃花源的武陵人，偶然相逢，欣羡悅慕，試圖挽住那些曾被打動的美好。

因為，我確實在一杯茶之中，嚐過芳草鮮美，落英繽紛，以及許許多多更深邃、幽微、廣厚、宏大的風景。

然而，不懂茶的我，即使吃過幾杯好茶，仍不敢妄自為文，最後還是嘗試提筆，以記錄者的角色寫下這本書，終究是幾番緣份，前後牽引而成。

這本書最初的幾篇文章，如〈寶玉〉、〈午時茶〉，原本只是簿子上寥寥幾筆的潦草速記，是我懵懂地剛到茶室時，老師要求我一邊學著喝茶，一邊標註的品茶筆記。後來，嫦芬阿姨好意，邀我為人文素養的專欄提供一點小文章，我才動念，將幾行品茶筆記整理展開、敷演成文，朋友讀著，也慢慢寫出了「浮沉展眉」系列集結的興味——因此，台昭叔叔與嫦芬阿姨，實在是這本書能夠誕生的重要推手，而他們提攜後輩不遺餘力的熱忱美意，緣繫從頭，更成為遠在書前的庇護與祝福。

當交給專欄的小品文，寫到三、四篇時，我將文章帶去茶室和林老師共讀，於是漸漸磨出「寫本書吧」的想法，我也開始正式萌生、奠定了「不如來為茶作傳」的心情。

《紅樓夢》第一回，曹雪芹自云：「閨閣中本自歷歷有人，萬不可因我之不肖，自護己短，一併使其泯滅也。……雖我未學，下筆無文，又何妨用假語村言，敷演出一段故事來，亦可使閨閣昭傳，復可悅世之目，破人愁悶，不亦宜乎？」

一部絕世經典的緣起，竟只是作者夢懷思憶，念起天真爛漫的青春歲月中，幾名家族裡曾相與伴的女子，不願她們的音、容、笑、淚就此湮沒，因此動筆寫成的。

我無才、無識、無閱歷，再修上千百輩子，亦不敢和前人攀緣相比，但在立意「為茶作傳」，一一書寫的過程中，卻時常想起曹雪芹這段寫在最前頭的文字。對我而言，如此膽敢妄為、僭越而文，何嘗不是因為「此間歷歷有茶，不欲使其消散泯滅」？

一款茶喝到快完時，我都是最小氣的。有些事物，絕版了就是絕響了，就算年年歲歲花相似，再怎麼依稀彷彿，那花，終究不是相同的一朵。

春天，終究會結束。花終究要葬，茶終究會喝完，錦繡終將成灰，馨香終究會消失、亡佚。不過是為了紀念所愛的一注心意。所不同者，這裡記述的故事，沒有假語村言，僅是盡我所能，儘可能將昔日在茶室的人、事、茶、感……諸般情狀點點滴滴，如實記載。

至於茶室的主人林抒音老師，更付出無數心血與寬愛。最先，她邀我到茶室，記得是二〇一三年秋天，十月初，她找我去，嚐了一杯冷泡「寶玉」，請我爲八掌溪寫一首詩；至於稿酬，就拿幾堂導引概論的茶道課來換。種種設心，用意良深，原本是想將八掌溪文化的傳承交代與我，但我並無此志向，也無意牽涉其中，只得辜負她的深心大願。誰知茶香留人，幻化爲文，河流的詩只寫過一首，卻謄出一本茶傳記來，如此，作爲一段從游的襯映，也是有心栽花花不發，無心插柳柳成蔭了。

茶香，是我和她的緣份中，最馨美的一段縈繞。兩年時光中，這一塊茶香所寫下的面積，正如兩個圓心座標、半徑、軌道本自相異的圓，在交界處仔細重疊的彩色部份。我與老師，於人生志趣、終極關懷等面向，皆有不同的取捨與覺悟，她有一套自成的思想和美學體系，志極堅，情亦深，多次盼我參與八掌溪等文化事務，復時常觀察我是否擁有用心於茶道的深刻仔細；然而，我自忖無這份熱切心力、精神可承應，雖不願拂她的意，終只能屢屢牴觸相違——實則，我對自己生命中擬欲重視、守護的事物，早有微不足道但確定明晰的認知。

「人生天地間，忽如遠行客」，這一趟輪迴過客的旅程，轉眼即逝的百年間，既然僥倖擁有一份小小任性的自由，我但願能將自己的關注，不分割地留予家人、伴侶、朋友、學生。

歲月靜好，我所祈者，只是在尚能掌握的個人領域之內，偏安於一角，陪陪生命中最親近的人，讀讀書、寫寫字，教幾個有緣份的孩子閱讀思考，期盼有朝一日，在他們未來面對複雜的世界時，亦能擁有自辨自明的能力。至於，或詩或文，偶然集結成書，有幸出版，同樣書寫成，就完了；此後開落紛紛，無人也好，有人也罷，都已是書自己的際遇。

這一生，這一世，在這個太陽系、地球、台灣島上，無數時空宇宙中座落於此的這一點，我只願儘可能不違心，對自己誠實，坦然自在地活著。

雖然，抒音老師所費神設想，爲我善意安排、籌措的種種考量，抑非我願望本意；但我喜歡她時而純真可愛的孩子氣，真心愛惜、尊重她身爲茶人的痴心執著，更無比疼憐那些奇幻深緲，仙靈之氣卓然滿溢的茶香。

是以，雖然老師要我不可謝她，我仍然不能不謝。若無她慷慨疼惜，留我品茗；復加體貼佈置，處處安排，我不會在這二、三年間，有幸與書中丰神歷歷的茶魂相逢，亦無初窺茶之一門的機會，更不會有這些人間故事可說——「浮沉展眉」這本書，也就不可能存在面世。

除了「人居草木間」茶工作室、心靈工坊的協成，「浮沉展眉」該感謝的人還很多，感謝銘琪姑姑爲我揮毫；寄澎恩師、克明姐姐百忙之中爲我作序；人壽大哥細心照顧，帶我揉茶，更將山林中鍾情維護的祕密基地，同我家大方分享；爲豐富我喝茶的經驗，仁傑老師、震寰叔叔、清吉叔叔、玉環阿姨邀我作客；東吳的學生馥帆和逸辰編輯校對；最後還有我的家人——最親愛的祖父母、爸媽與妹妹，若無他們一貫的理解，支持與包容，我將無法在愛之中執筆而書，任性而活。

「可惜馨香手中故」，我想，最後，從最自私的角度出發，我也終將感謝自己，寫出這本茶室散文集，爲一段安恬和順的時光，留下細密詳實的紀錄，不僅僅註寫下當日縈繞唇角的茶香，更刻印住長桌邊最純美無邪的記憶，來日細撫追憶，仍能喚來昔時杯上娉婷的芳魂，一縷香繫，舊識如新。

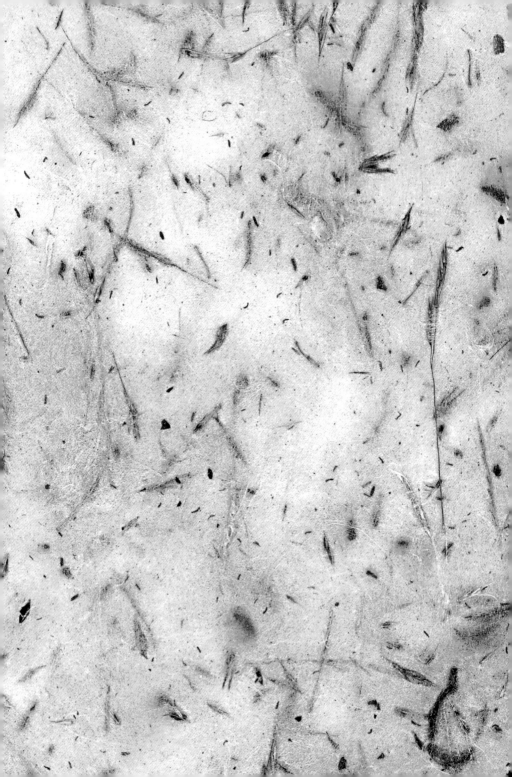

心靈工坊文化事業股份有限公司
PsyGarden
Living 024

浮沉展眉

陳依文散文集

作者——陳依文

出版者—心靈工坊文化事業股份有限公司
發行人—王浩威　總編輯—王桂花
執行編輯—黃心宜
書法—盧銘琪
美術編輯—陳馥帆　校對—洪逸辰
通訊地址— 10684 台北市大安區信義路四段 53 巷 8 號 2 樓
郵政劃撥— 19546215　戶名—心靈工坊文化事業股份有限公司
電話—（02）2702-9186　傳真—（02）2702-9286
Email — service@psygarden.com.tw　網址— www.psygarden.com.tw

製版・印刷—彩峰造藝印像股份有限公司
總經銷—大和書報圖書股份有限公司
電話—（02）8990-2588　傳真—（02）2990-1658
通訊地址— 248 新北市新莊區五工五路 2 號
初版一刷— 2015 年 12 月　ISBN — 978-986-357-049-3　定價— 320 元

國家圖書館出版品預行編目資料

浮沉展眉 / 陳依文作 . -- 初版 . -- 臺北市：
心靈工坊文化 , 2015.12
面；　公分

ISBN 978-986-357-049-3(平裝)

855　　104025767

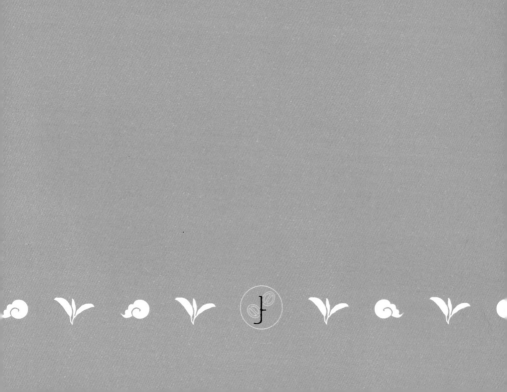